C 文庫

蟋蟀的阴郁

敦·德勒根作品集

[荷]敦·德勒根 / 著
蒋佳惠 / 译

贵州出版集团
贵州人民出版社

De genezing van de krekel © 1999 Toon Tellegen
Originally published by Em. Querido's Uitgeverij Amsterdam
© Cover illustration Mance Post/Literatuurmuseum
Simplified Chinese translation © 2025 by Light Reading Culture Media (Beijing) Co., Ltd.
All rights reserved.

著作权合同登记号 图字：22-2024-149 号

图书在版编目（CIP）数据

蟋蟀的阴郁：敦·德勒根作品集 /（荷）敦·德勒根著；蒋佳惠译. -- 贵阳：贵州人民出版社，2025.6. --（C 文库）. -- ISBN 978-7-221-18883-0

I. B84-49

中国国家版本馆 CIP 数据核字第 202472XK22 号

XISHUAI DE YINYU: DUN DELEGEN ZUOPINJI
蟋蟀的阴郁：敦·德勒根作品集
［荷］敦·德勒根 / 著
蒋佳惠 / 译

| 选题策划 | 轻读文库 | 出 版 人 | 朱文迅 |
| 责任编辑 | 杨　礼 | 特约编辑 | 张雅洁 |

出　版	贵州出版集团　贵州人民出版社
地　址	贵州省贵阳市观山湖区会展东路 SOHO 办公区 A 座
发　行	轻读文化传媒（北京）有限公司
印　刷	河北鹏润印刷有限公司
版　次	2025 年 6 月第 1 版
印　次	2025 年 6 月第 1 次印刷
开　本	730 毫米 × 940 毫米　1/32
印　张	5.125
字　数	91 千字
书　号	ISBN 978-7-221-18883-0
定　价	30.00 元

本书若有质量问题，请与本公司图书销售中心联系调换
电话:18610001468
未经许可，不得以任何方式复制或抄袭本书部分或全部内容
© 版权所有，侵权必究

蟋蟀的阴郁

1

这是初夏的一个早晨。蟋蟀坐在门口的草丛里,心里想:我很满足,我既快乐又满足。

阳光普照大地,把小小的、洁白的云朵驱赶到地平线那头的低空。

蟋蟀往后一仰,闭上眼睛,发出轻微的唧唧声,哼唱着第一段出现在脑海里的旋律。

突然,他觉得脑袋怪怪的。那是一种他从没体会过的感觉。那是一记重击,充盈了他的整个脑袋。

蟋蟀停止哼唱,竖起了耳朵。周围一片寂静。

什么声音也没有,他想。没有吱吱声,没有嗡嗡声,也没有轧轧声。他的脑海中时不时地闪过一阵吱吱声,他的眼睛后面也不时地传来一股嗡嗡或者轧轧的感觉,可是,这种感觉他随时都能听到,一点儿也不陌生。

他敲了敲脑袋。"你好!"他说。周围依然寂静一片。

这种感觉很沉重,他想。他的脑袋似乎成了平时的两倍重。这绝对就是那种感觉带来的,他想。

他皱起眉头,清了清嗓子。没有任何变化。他猛地蹦到半空中,摇了摇头。还是没有任何变化。他喊道"噢,对"和"喀,不对……"还有"千真万确",可是,那种奇怪的感觉依然是一种奇怪的感觉。

它卡住了,他想。他静静地坐了一会儿,挠了挠耳后窝,抬头望着天空。这是一种无懈可击的感觉,他想。就是它。他不知道那到底是什么样的感觉,反正就跟无懈可击差不多。

他用前腿支起脑袋。这种感觉是怎么跑到我脑袋里来的呢?他想。

他环顾四周。说不定,此时此刻,更多感觉正静悄悄地藏在灌木丛里,打算趁他不注意的时候飞进他的脑袋。可是,他没有发现周围有任何不同。况且,这种感觉太强烈了,以至于容不下其他任何感觉。我用不着担心,他想。

他静静地坐在门前的草地上。

这是一种强烈的、无懈可击的感觉,他想。如果有人路过这里,我就会说:"你好,不管你是松鼠还是蚂蚁还是大象还是谁,我的脑袋里有一种强烈的、无懈可击的感觉。"他们会莫名其妙地看着他,他会故作大方,望着天空,说一句:"喀,是啊……"

那种感觉开始挤压他的前额内侧。这样的感觉不太好。他垂下脑袋,望着地面。

2

蟋蟀望着地面,一脸严肃。那种强烈的、无懈可击的感觉占据了他的脑袋,挤压着他的眼睛底部。哎哟,他想。很长一段时间里,他再也想不了别的事。

早晨接近尾声时,蚂蚁从他跟前路过。

"你好,蟋蟀。"他说。

蟋蟀抬起头,说道:"你好,蚂蚁。你知不知道我怎么了?我的脑袋里有一种强烈的、无懈可击的感觉。"

蚂蚁停下脚步,皱起眉头,端详着蟋蟀。蟋蟀很想望着天空,说一句"喀,是啊",可是,他没有那样做。"我不知道它是什么感觉,"他说,"没有轧轧声,没有嗡嗡声,也没有吱吱声。可是,它十分沉重。"

蚂蚁围着他转了好几圈。

"你了解感觉吗?"蟋蟀问。

"了解。"蚂蚁说。他想说的是他对感觉了如指掌,尤其是对强烈的、无懈可击的感觉。

"它是什么样的?"蟋蟀问。他严肃的眼神中闪过一道光,一瞬间,那种感觉似乎轻了不少。

"是一段路程的跋涉。"蚂蚁说。

蟋蟀在门口高耸的青草间跋涉了一段路程,然后折回。

"然后呢?"他问。

"这是一种阴郁的感觉。"蚂蚁说,"你很阴郁。"

"阴郁?"蟋蟀问。

"是的,"蚂蚁说,"是阴郁。"

"可是,我很快乐……!"蟋蟀喊道。

"不是的,"蚂蚁说,"你不快乐。你很阴郁。它来源于你脑袋里的那种感觉。如果那是一种快乐的感觉,那么,你就会很快乐。可是,它是一种阴郁的感觉,因此,你很阴郁。"

太阳悬挂在高高的天空中,远处,在杨树的顶端,知更鸟正在高声歌唱。

蟋蟀闭上眼睛,试图看一看脑海里的感觉。可是,他什么也没看到。

"行了,"蚂蚁说,"我得走了。"他跟蟋蟀道别,转身走进森林。

蟋蟀赶忙追了上去。"可是，这是怎么回事呢？"他喊道，"我的意思是……"他还有很多想喊的话，却又不知道想喊什么。

蚂蚁扭头喊着"一切皆有可能"和"每个人都很了不起"。他还说了什么远方和今天，还有发现，然后消失在柳树后面。

蟋蟀停下脚步，摇了摇头。

那种陌生的感觉隆隆作响。不过，它已经不再陌生了。它成了一种阴郁的感觉，一种强烈的、无懈可击的、阴郁的感觉。看来，我很阴郁，蟋蟀想。

3

其实,大象想,我应该爬到一棵小树上去,它必须很小很小才行,这样我就不会掉下去了。

他走在森林里。天刚蒙蒙亮。在他经过的地方,灌木的叶片上还沾着露珠。太阳冉冉升起。

过了好一会儿,他遇到了田鼠。"你好,田鼠。"他说。

"你好,大象。"田鼠说。

"我想问你一个问题。"大象说,"你知不知道哪里有小树?"

"知道,"田鼠说,"我恰好见过一棵超小的树。"他高兴得一蹦三尺高,为大象带起了路。"它离这里不远,大象。"他不住地重复,"我们马上就到!"

森林的边缘有一处空地。田鼠在那里停下了脚步,伸手一指。"就是它。"他说。

大象没有看清田鼠指的是什么。

"就是什么?"他问。

"那边的那棵树。"田鼠说。

"我什么也没看见。"大象说。

"那边啊……"田鼠说。

"我还是什么都没看见……"大象喃喃地说。他趴倒在地,望着田鼠手指的方向。这下,他也看见那棵树了。

"够小吧?"田鼠说。

"是的。"大象说。他从来没有见过这么小的树。想从那棵树上掉下来应该很难。

"好,田鼠,"他一边说,一边摩拳擦掌,"你瞧好了。"

"好的。"田鼠说。他一屁股坐在草地上。

大象努力寻找一个落脚点,再用长鼻子环绕住它。可是,那棵树太小了,他怎么也做不到。他原地转了一圈,打了个趔趄,满脸通红,喘着粗气,尝试沿着自己的长鼻子而不是小树向上爬,然后喊了起来:"确实非常小,田鼠!"

"慢慢来。"田鼠一边说,一边仰面朝天躺下。他闭上眼睛,嘴里嚼着一片青草。

大象依旧忙忙叨叨的。

"这棵树真奇特,田鼠。"他说。

"是的,非常奇特。"田鼠半睡半醒地说。

终于,大象似乎成功了。"成了!"他喊道。他把四条腿叠在一起,长长的鼻子裹在外面,小树被团团围住了。现在,我只需要维持平衡就好了,他想。

"救命啊!"他喊。

"你说什么?"田鼠说。太阳和煦的光芒从他脸上拂过,令他想起甜甜的、配着柳树皮的黑麦蛋糕,它被摆在森林正中央偌大的桌子上,是他一个人的。

大象向后倒去。尽管他只落下了一小点儿,却发出了巨大的声响。

他睁开眼睛,看见田鼠站在自己面前。

"够小吧?"田鼠说。

大象点点头,什么也没说,默默地站了起来。

他们一同往回走,走进森林。

"再大一点儿也无妨。"大象说。

"噢。"田鼠说。

"不过,也别太大了。"大象说。

"知道。"田鼠说。

大象叹了一口气。"树可真复杂。"他说。

田鼠点点头。

"既复杂又不可避免。"大象说。

他们来到橡树跟前。田鼠跟大象打了一个招呼,便走开了。他依旧想着甜甜的黑麦蛋糕,不自觉地加快了脚步。

　　大象停下脚步,抬头看了看。阳光照射下来,橡树的叶子发出沙沙的响声。

4

蟋蟀回到家,在屋子里来回踱步。

这种感觉很阴郁,他想。我的脑袋里有一种阴郁的感觉。他很希望能感到骄傲。可是,他并不觉得骄傲,只感受到阴郁。

他在桌子跟前坐了好一会儿,然后把脑袋搭在胳膊上。

他思考起了阴郁。他不知道那到底是什么,但是他知道,那是一件糟糕的事情。

他试图弄清楚阴郁的感觉从何而来。他还从来没有见过或者听过阴郁的感觉。说不定,它来自沙漠,他想,或者来自其他什么他没去过的地方。比方说月亮上。

"您是从月亮上来的吗?"他用洪亮的嗓音问道。可是,没有人回答他。

说不定,它是一种无影无形的感觉,他想。可是,如果它真的无影无形,那么它怎么会这么沉重呢?在他看来,这是不可能的。

假如我能钻进我的脑袋里看一看,就一定能见到它了,他想。强烈、晦暗而又无懈可击。

想法不是在他的脑海里上上下下来回晃动,就是左摇右摆地经过。我的想法有话要说,蟋蟀想。不是吗?想法又戛然而止。你没有话要说!

蟋蟀向后退了一步。它们到底是谁?他很想思考。我又是谁?然而,此时此刻,阴郁的感觉狠狠踢了一脚。要井然有序,蟋蟀苦闷地想,除此之外,他的脑子里再没有思考其他事情。

过了好一会儿,泪水充盈了他的双眼。它们缓缓地从他的面颊滑过,落在桌子上。

没错,他想。他感到十分悲伤。

他觉得自己的脑袋就像一块巨大的石头,需要被他抬起。如果他不抬起这块石头,它就会顺着斜坡滚下去。

我必须抬起它,我必须抬起它,他想。毕竟,他不知道斜坡底下会是什么。

他躺到床上,却怎么也睡不着。他瞪着天花板,天花板也睁大愤怒的双眼,回瞪着他。

阴郁的感觉敲打着他脑袋的一侧。"你是想出来吗？"蟋蟀问，"没问题！你就说你要怎么出来吧。从我的眼睛里出来？从我的鼻子里出来？从我的耳朵里出来？从我的嘴巴里出来？选择多多！"

他闭上眼睛，面前出现阴郁的感觉。它就像一大团漆黑的泥淖，蠕动身躯，想要挤出来。哎哟，他想。

他重新睁开眼睛，什么事也没有发生。阴郁的感觉继续敲打。它压根儿不想出来，蟋蟀想。它之所以敲打是另有所图。只不过，他不知道它图什么。

他站起身，来回走动，再次坐到桌子跟前，走到外面，躺在青草间，站起身，又回到屋里。

你无懈可击，他想，我知道的……他用力拍了一下脑袋，喊道："走开！"可是，唯一的后果就是他摔倒在地，伤到了他的触角，额头上还鼓起了一个包。

阴郁的感觉丝毫没有在意。

5

太阳下山了,蟋蟀也累了。他坐在窗前的椅子上,望着外面。橡树顶端的叶子在暮色的笼罩下发出轻微的沙沙声,燕子从高空中急匆匆地掠过。

阴郁的感觉无懈可击地占据他的脑袋。

蟋蟀拿出一罐甜甜的青草秆儿。我应该吃点儿东西,他想。可是,他连一根青草秆儿都吃不下去。它们看上去似乎烂了,他想。

他摇了摇头。我烂了,他想。烂的不是青草秆儿。它们是整座森林里最美味的青草秆儿。没错,烂的是我。

"谢谢你,我脑袋里阴郁的感觉,"他小声说,"谢谢你给我这顿美味可口的晚餐……"

他思考了一会儿。也许，我不应该再嘀咕这些事情了，他想。万一感觉愤怒起来的话……愤怒和阴郁，我的脑袋太小了，肯定装不下它们。那样的话，脑袋会裂开的。

一个想法在他的脑海中一闪而过：或许这才是最好的。他不禁瑟瑟发抖，心想：不行，绝不能让它生气。

他的肚子里空荡荡的，发出咕噜咕噜的叫声。可是，他什么也吃不下。他把装着甜甜的青草秆儿的罐子放回柜子里。

他望着外面，看见天空中繁星闪烁。他的眼睛仿佛被它们刺痛了，泪水又一次顺着他的脸颊滑落。

我不想哭！他想。要哭也得是阴郁的感觉哭，不是我。

他重新看向屋里。

放眼望去，已是一片漆黑。

蟋蟀躺到床上。他很冷。可是，他没有盖上被子。我不知道这是为什么，他想。

他瞪着天花板，而天花板仿佛又一次透过黑暗，回瞪着他。

他用枕头挡住脑袋。我不想让任何人看见我，他想。更不想让我的天花板看见。

整整一夜，他就这样躺着，脑袋上盖着枕头。他一心只想睡觉，假如他必须抱着别人的大腿，乞求对方让他去睡觉,那么他是一定会抱住对方的大腿狠狠乞求的。可是,周围一个人也没有。他独自一人,一夜无眠。

一切都取决于我,他阴郁地想。一切都只取决于我。

6

夜半时分,蟋蟀家的门开了。蟋蟀一动也不敢动。他用余光看见有人走了进来。

那会是谁呢?他想。他会不会是个坏人,一个坏透了的人?他曾经听说世界上有那样的人,只不过,他自己还从没见过这类人。

蟋蟀等待片刻,然后问道:"您是谁?"他的嗓音有些沙哑。

一个陌生人环顾四周,一把拎起蟋蟀的床,往下看看,又打开柜子,掏出一罐加了糖的蒲公英,走到桌子跟前坐了下来。

"是瘿虫。"他说。他等待片刻。"你好,瘿虫。"他用尖锐的嗓音说道。

"你好,瘦虫。"蟋蟀小声说。

"我也是这样想的。"瘦虫说。

随之而来的是片刻的宁静。

"我是蟋蟀。"蟋蟀说。

瘦虫没有回答,他把罐头吃了个精光,然后来到窗户跟前。他望着外面,看向深夜无尽的黑暗。

蟋蟀从没听说过他。

"您来这里做什么?"他问。

瘦虫清了清嗓子,依然用尖锐的嗓音说道:"太好了,瘦虫。这种不期而至的做客真是太好了。"

"我……"蟋蟀张了张口。可是,他不知道还要说些什么。

瘦虫唱起歌来。歌声刺耳、嘹亮,他高唱拳头和鄙视。灯来回摇晃,墙嘎吱作响。

我要不要告诉他我的脑袋里有阴郁的感觉,而且现在还是半夜时分?蟋蟀想。可是,他没有打断他的歌声。

终于,歌唱完了。

"谢谢你的掌声。"片刻死一般的寂静过后,瘦虫说,"谢谢你。"

"我……"蟋蟀又张了张口。

"跳舞吗?"瘦虫问。

他走到床前,把蟋蟀从床上拽了起来。

"我很阴郁,"蟋蟀说,"我的脑袋里有阴郁的感觉。"

"好像这有什么能聊似的。"瘿虫说。

蟋蟀不明白他的意思,刚迈出一步就跪倒在地。他脑袋里阴郁的感觉太沉重了。

瘿虫一把拎起他,把他塞到床底下。

"你舞跳得真好,瘿虫。"他说,"谢谢你!"

接着,他撞翻了桌子、椅子和柜子,把隔板上所有的东西都扫到了地上。

"起码能给这里增添些许零乱……"他喃喃地说。

随后,瘿虫走到门口,又一次环顾四周。

"你能来做客真是太好了,谢谢你,瘿虫。"他用刺耳的嗓音说道,又用深沉的嗓音补了一句,"喀,这不算什么,蟋蟀……"

我很遗憾!蟋蟀很想从床底下喊一句。我很遗憾!可是,他的嗓子里没有发出任何声音。

瘿虫走到屋外,消失在夜色之中。他没有关上门,深沉的夜风不时把它关上,而后又猛地吹开。

蟋蟀躺在床底下,站不起身来。

这样的做客也太阴郁了,他想。他试着对自己点点头。当你阴郁的时候,一切都是阴郁的,他想。

他闭上眼睛,伸出前腿环抱膝盖。他的背嘎吱作响,他的脑袋里又是锯又是钻的。您到底在做什么,他想。他还从来没有感到这么伤心过。

7

大象站在柳树下。天色还早。

"我要爬上去,柳树。"他说。他把脚踩到柳树最低处的树枝上。可是,一阵风吹来,树枝左右摇晃,把大象甩到地上。

"喂喂喂,"大象喊了起来,"我都还没开始爬呢!"

他站起来,用长鼻子环绕住树桩。可是,柳树叽叽嘎嘎、咯咯吱吱,逃脱了他的包围。

大象生气了,说:"我想爬就爬。"可是,他又一次摔了下来。

"我要求得到爬树的许可!"他一边喊,一边站起身,拍掉身上的尘土。

他再次用脚踩住柳树最低处的树枝。可是，柳树又一次用尽全力地抵抗。

很快，动物们从四面八方闻声赶来。他们以柳树为中心，围成一个巨大的圈，坐了下来。鲤鱼、白斑狗鱼和刺鱼在河里张望。唯独蟋蟀没来，他依然躺在床底下。

一些支持大象的动物喊道："加油，大象！爬上去！"另一些支持柳树的动物喊道："坚持住，柳树！不要放弃！"

这是一场激烈的战斗。大象经过一段长长的助跑，四只脚同时腾空，朝着柳树纵身一跃，又或是试着用长鼻子把柳树拉得更低。柳树左摇右摆，树枝乱颤，狠狠地四下拍打。

没有人知道谁能赢得这场斗争的胜利。

"我要爬了。"大象大声呼喊。而后，他又喊道："让开！"还有："是吗，柳树？是吗？？"柳树默默地反击，在沉默中爆发。他不时发出呻吟，疲惫地撒落几片叶子。

临近中午，他们俩都筋疲力尽了。

柳树发动最后一击，挥舞着最低处的树枝迎接大象，把他抛得远远的，丢进河里。

动物们要么欢呼雀跃，要么钦佩地呢喃，而鲤鱼、白斑狗鱼和刺鱼则匆匆忙忙地游向一旁。

大象爬到岸上。他耷拉着脑袋，踩着落叶和断了的枝丫,走向柳树。水沿着他灰色的后背滑落。他停下了脚步。随后,他敲了敲柳树的树皮。

"你赢了。"他轻轻地说。

柳树发出沙沙的响声。有些动物确信,沙沙声的意思是"喀……小意思"。柳树很友好,不是坏树。

大象迈着沉重而又潮湿的步子,走进森林。走到橡树底下时,他停下脚步,深深地叹了一口气。橡树能将整座森林尽收眼底,目睹各处发生的事情。他发出沙沙、瑟瑟的响声。

"不,"大象说,"不。不。再说一遍,不。"

他明明想继续往前走,却驻足仰望。

8

上午晚些时候,蟋蟀从床底下爬了出来,把桌子、椅子和柜子一一扶正,又把帽子和其他东西放回到墙上的隔板上。

他坐在桌子跟前,开始写信。

亲爱的甲虫:

他写道。他闭上眼睛,仔细思考。

突然,他听见一阵躁动。他抬头一看,词语纷纷涌进他的房间。它们从窗口、墙上的缝隙和大门底下钻了进来。它们的个头很小,都穿着黑色的外套,源源不断地奔来。他看见"我"和"过",还有

"得""很"和"好"。它们都站在房间的一边。

在房间的另一边,他看见"非""常""阴"和"郁"。它们明显是从屋顶的洞里爬进来的。它们的个头略大一些,外套的颜色也更黑一点儿。

蟋蟀动弹不得。他的面前摆着以"亲爱的甲虫"开头的那封信。

词语们跺了三次脚,然后扭作一团。它们在房间中央抓住彼此,把彼此拖到地上,彼此踩踏,彼此抓挠,恨不得将彼此大卸八块。

尘土飞扬,蟋蟀咳嗽起来。

过了好一会儿,尘土才渐渐落下,周围恢复了宁静。小个子的词语赢了,只不过,它们的身上也挂了彩,外套也被撕破了。大个子的词语输了。"非"碎了;"常"裂成两半,倒在椅子下;"阴"被对折后挂在墙面的凳子上;"郁"皱巴巴、大头朝下地待在角落里。

小个子词语拍掉外套上的尘土,拎起被征服的词语,把它们一把丢出窗外。它们落到屋外的地面上,发出沉闷的响声。

"哎哟!"蟋蟀听见咕哝声。一定是"非",他想。

"我""过""得""很"和"好"留在屋子里。它们拍了拍蟋蟀的肩膀,把他拉起来,丢到半空中,然后又稳稳接住。

"好"站在蟋蟀的脑袋上,"得"和"很"爬到他的背上,"我"和"过"挂在他的翅膀上。

"飞吧!"它们喊道,"飞吧!"

蟋蟀展开翅膀,攀升了一小截,然后啪一下落在地上。

"喀⋯⋯"词语们大失所望地喊道。它们从蟋蟀身上爬下来,又爬到纸上,坐在"亲爱的甲虫"底下。它们排成一排,说道:"就这样吧。"

一阵风吹过,从窗口吹进屋里,捉住那封信,把它卷走了。"可是⋯⋯"蟋蟀赶忙喊了一声。已经晚了。信早就飞到了高高的空中。

一整个下午的时间,蟋蟀一直躺在地上。阴郁的感觉在他的脑海中跳来跳去,驱赶他的睡意,无休无止。

临近傍晚的时候,风把信吹进屋子。信不偏不倚地落在蟋蟀面前。

蟋蟀读道:

亲爱的蟋蟀:
    我也过得很好。

甲虫

看到这里,蟋蟀忍不住哭了起来。豆大的泪珠一串一串地顺着他的脸颊流淌,滑过他的翅膀、触角和腿脚。

他的肩膀不住地颤抖。

这是他读过的最令人伤感的信。

9

蟋蟀朝着甲虫的家走去。夜幕才刚刚降临。
他敲了敲门。
"谁呀?"甲虫说。
"是我,我是蟋蟀。"蟋蟀说,"我可以进来吗?"
"可以。"甲虫说。蟋蟀走进屋子。
他们冲彼此点点头,然后垂下眼睑。
"我给你写了那封信……"蟋蟀说。
"是的。"甲虫说。
他们沉默了一会儿。
"我过得不好。"蟋蟀说。
"我过得也不好。"甲虫说。
"其实,我很阴郁,甲虫。"蟋蟀说。

"我也是。"甲虫说。

"我是从昨天开始阴郁的。"蟋蟀说。

"我一向都很阴郁。"甲虫说。

蟋蟀惊讶地看着他。"一向?"他问。

"是的。"甲虫说。

"难道你从来没有过其他感觉吗?比如快乐之类的。"蟋蟀问。

甲虫思考了一会儿。

"有过一次。"他说。他的目光越过蟋蟀,落在墙上。"我快乐过一次。"

"真的?"蟋蟀问。

"真的。"甲虫说,"可是,它的后果不容小觑,蟋蟀。那真是太可怕了。"

蟋蟀思考了一会儿不容小觑的后果,然后又思考起还能有什么其他后果。

"你是因为什么而快乐的?"他问道。

"没有原因,"甲虫说,"无缘无故的!"他挥舞起他的前腿。

"然后呢?"

"然后,我就阴郁到了现在。"

突然,他站起身,乌黑的眼睛紧盯着蟋蟀。他挥舞着拳头喊道:"我会一直阴郁下去!永远!我向你保证!"

"可是,这也太糟糕了……"蟋蟀说。

"是啊。"甲虫说。他的声音突然变小了,"这很糟糕,的确是很糟糕。"他又坐了下来。"不过,这很明智。"他说。

片刻过后,他们一同在房间的角落里喝着红茶,离窗户远远的。甲虫说起了有关阴郁的各种各样的特殊状况,蟋蟀对此一无所知,他努力想记住甲虫说的一切。甲虫还向蟋蟀展示了挂在墙上的牌子:"阴郁很浩大""除此之外一无所有""一度阴郁……"以及"只有从不阴郁的人才是真正活着的人"。他说他每天都会看看这些牌子。

天色暗了下来。

甲虫说自己早在很久很久以前就丧失了勇气。"那是一大步,蟋蟀。"他说,"可是,我不得不迈出那一步。"他的目光再次越过蟋蟀,落在墙上,"只要不放弃勇气,就不可能彻底阴郁。"

蟋蟀向甲虫道了别,说自己要回家了。甲虫点点头,莫名地嘟囔了几句什么。

当蟋蟀来到屋外时,有那么一刹那,似乎阴郁的感觉全都烟消云散了。他向空中一蹦,喊道:"噢,对啦!"他的眼前出现甲虫的身影,脑海中传来他嘶哑的嗓音,似乎在咕哝,又似乎在抱怨什么阴郁的事。他可真阴郁啊……蟋蟀一边想,一边摇了摇头。

可是,我也很阴郁,他想。阴郁的感觉就像一块巨大而又沉重的石头,压在他的脑袋里。

我要不要放弃勇气?他一边想,一边在黑暗中穿行。到底是彻底阴郁比较好还是不彻底阴郁比较好?

可是,他不知道要怎么放弃勇气。我本该问问他的,他一边想,一边摇了摇头。

10

大象走在森林里。大树发出沙沙的响声。你们好,大树,他想。对他而言,它们十分熟悉。他从这里的每一棵树上都掉下来过。

他一连走了好几个小时,陷入深深的思考。他偶尔会撞到某棵树上,不过撞得不太重。哎哟,他想,然后又继续向前走。

他来到森林里一片他从没到过的地方。突然,他看见一棵又粗又高的大树跟前摆着一块牌子:

没有人能从这棵树上掉下来。
这是不可能的。

大象惊讶地停下了脚步。他从没见过这棵树。他想立刻爬上去。要知道,他一直都在寻找一棵这样的树。

然而,他先坐了下来,又读了一遍牌子上的字。

这块牌子会是谁写的呢?他想。他怎么知道这是不可能的?既然没有人能从这棵树上掉下来,那么还能有人爬得上去吗?如果有人能爬得上去,那么他该怎么下来呢?难道是再也不下来了?

他站起身,朝着大树走去,一脚踩住最低处的树枝。可是,他不敢再爬了。他信不过这棵树。

也许这不是一棵诚实的树,他想。我不知道……

"哈喽!"他喊道,"有人认识这棵树吗?"

没有人回答他。没有人住在森林的这片区域。

终于,经过长时间的犹豫,大象爬到了树上。不这么做的话,我永远不会知道真相,他想。

他一边小心翼翼地爬,一边不断地思考。这就是一棵普普通通的树,他认为。

爬到一半时,他突然在两根树枝之间看见了一块新牌子:

你瞧见了吧。

看到这句话,大象惊讶极了,以至于他脚下踩错一步,向一旁倒去,掉落到地上,发出巨大的声响。

头晕眼花的他躺在地上一动不动。我都还没爬到上面呢……他委屈地想。

片刻过后,他站起身,抬头仰望。"难道这不算是掉下来?"他喊道。

大树发出响亮的、冷酷的沙沙声。

大象揉了揉脑袋,然后做了一块牌子,摆在原来那块的旁边:

> 这是假的。
> (从这棵树上掉下来的)
> 大象

他还在底下画了一个箭头,指向先前的那块牌子。

这棵树不诚实,他想。我希望自己再也不会见到它。

他转过身,背朝大树,走向森林。

一段时间过后,他来到了橡树跟前。"你好,橡树。"他说。他认识这棵橡树,橡树也认识他。

不一会儿,他就爬得高高的。

他脚下的树枝发出友好的吱嘎声,树叶似乎也在和煦的夏风中友好地窃窃私语。没有什么是不可能的,大象快乐地想。没有!

当他爬到树顶时,他很想和橡树一同高歌一曲。

"可以吧,橡树?"他问。他一边清了清嗓子,一边努力靠一条腿站立起来。

这时,他掉了下来,穿过树枝和树叶,发出震耳欲聋的响声。

就在那个夏日的早晨,他结结实实地掉到了地上,发出巨大的响声。

11

在森林中央,离山毛榉不远处的接骨木下,住着乌龟。

一天早晨,他坐在接骨木前的草地上,思考着自己的龟壳。如果没有你的话……他想。他不明白为什么并不是每个人都长着壳。在他看来,这简直就是一个谜。

树上的叶子发出轻微的沙沙声。

我的龟壳是世界上最好看的壳,乌龟想。它甚至比太阳还要好看。

他挠了挠后脑勺。真是这样的吗?他想。

他想象自己的背上背着太阳。真是太热了。

这下,他越发确定自己的龟壳比太阳更好了。而且，它还好过鹿的角、鲤鱼的银鳞和翠鸟的蓝羽毛，甚至比蜗牛的触角都要好。他觉得触角精美无比。可是，要是在他的头上安两根这样的触角……乌龟简直不敢想。

他就这样心满意足地享受着晨光。等他不愿意再思考龟壳的时候，他就可以什么都不思考，又或是思考一些十分特别的事情，一些突然出现在他脑海中的念头。

他听见一个沉闷的声音，于是，他抬起头。那个声音的源头是步履蹒跚地来到他面前的蟋蟀。平时，他总是扑扇翅膀或者展翅飞翔，再不然就是迈着优雅的步伐。平时，他总是十分匆忙，乌龟想。那是快乐的匆忙。

此时此刻，蟋蟀步履蹒跚，两眼盯着地面。

"你好，蟋蟀。"乌龟说。

"你好，乌龟。"蟋蟀一边说，一边抬起头看了看。他走到乌龟跟前，停下了脚步。乌龟垂下眼睑。这是很不寻常的。

"我很阴郁。"蟋蟀说。

"噢。"乌龟说。

"我是刚刚开始阴郁的。"蟋蟀说。

"噢，是吗？"乌龟说。

"是的。"蟋蟀说，"它来得出乎意料。它是我脑袋里的一种感觉，一种强烈的、无懈可击的感觉。"

"噢。"乌龟说。

蟋蟀坐了下来。"我还是坐一会儿吧。"他说。

"好的。"乌龟说。

他们沉默了很久,一句话也没有说。乌龟又一次思考起了自己的龟壳。也许,它能抑制这种阴郁的感觉,他想。可就在这时,他决定转念思考别的东西。他担心自己突然发现自己的龟壳也有缺点。

"你想吃些什么吗?"他问。

"什么?"蟋蟀问。

"喀……呃……甜甜的三叶草……或者陈旧的毛茛……"乌龟说。

"不了。"蟋蟀说。他摇了摇头。这还是他有生以来第一次拒绝一朵陈旧的毛茛。

他们又沉默了很久。

"你也有什么吗?"蟋蟀冷不丁地问道。

乌龟心里一惊,然后思考了起来。

"我不易亲近。"他说。

"噢。"蟋蟀说。

突然,乌龟觉得很热,蟋蟀却起身,继续步履蹒跚地向前走了。

直到他走出很远,才转过身说道:"噢,对了。再见,乌龟。"

"再见,蟋蟀。"乌龟说。他的脑门上渗出小小的汗珠,既然他说了自己不易亲近,他就必须表现得不易亲近才行。可是,那究竟是什么?

　　我为什么总是说一些自己也不懂的话?他想。他因为害羞和惭愧而满脸通红,躲进了自己的龟壳里。

12

蟋蟀来到猫头鹰家做客。猫头鹰住在森林黑暗的角落里。

"我很阴郁,猫头鹰。"他说。

"是的。"猫头鹰说。

"这是一种感觉。"蟋蟀说。

猫头鹰点点头。

他们走进屋里,坐在房间里一个布满灰尘的角落。

猫头鹰给蟋蟀看了一本书,书里记载了关于阴郁的一切,其中包括阴郁的猜想、阴郁的生日、阴郁的旅行、阴郁的糖。

蟋蟀也看见了阴郁的思想。

"这就是我的思想。"他一边说,一边伸手指了指。

猫头鹰点点头。

过了好一会儿,他合上了书。他们一起喝了阴郁的茶,那是猫头鹰专门为这个场合煮的。

蟋蟀垂下双肩,凝视着红茶。

"这太糟糕了。"猫头鹰说,"不过,有一件事情倒是比它还要糟糕得多。"

蟋蟀抬眼看了看。他不知道,也无法想象那会是什么事。

"那是什么?"他问。

可是,猫头鹰不愿意说。"我不能说。"他说。

"为什么不能说?"蟋蟀问。

"就是不行!"猫头鹰发出刺耳的喊叫。他倒立了一会儿,然后拍了拍翅膀。

"请你原谅我。"他一边直立过来,一边说,"一旦说到这件事,我总得倒立一会儿才行。"他拂去肩膀上的尘土。

蟋蟀又凝视起自己的茶。

猫头鹰指了指摆在柜子最上层的一本书。那是猫头鹰所有书里最厚的一本。

"那本书里写了。"他说,"可是,它太沉了,我拿不动。"

"它比阴郁还要糟糕得多吗?"蟋蟀问。

"糟糕得多。"猫头鹰说,"糟糕得多得多。"

他们不再说话，只是双双凝视着自己的茶。

没过一会儿，蟋蟀就回家了。

陷入沉思的他行走在森林里。他试图想出一种比阴郁的感觉还要糟糕的东西。也许就是蜂蜜蛋糕之类的，不过，得反过来，他想。每当他吃到蜂蜜蛋糕时，觉得那就是世界上最美味的东西。可是，他也知道世界上还有一个东西比它美味得多，任何时候都比它美味。只不过，他从来都不知道那个东西是什么。

他站着一动不动。那是从前，他想。从前，蜂蜜蛋糕是世界上最美味的东西。

他揉了揉额头。如果有什么事情比这更糟糕的话，他想，那么，就连我阴郁的感觉或许都没那么糟糕了。

他敲了敲自己的脑袋。"你好，阴郁的感觉，"他说，"也许，你也还行……"

阴郁的感觉仿佛受到了惊吓一般，蜷作一团，想躲得远远的。

阳光照拂在蟋蟀身上，悄无声息地溜进他的脑袋，他想到甜甜的蜂蜜蛋糕和欢闹声。他一蹦三尺高。

这时，阴郁的感觉又一次充盈了他的整个脑袋，他又一次望着地面，步履蹒跚地向前走去。

不太糟原本就很糟，他想，糟透了。

13

动物们看见蟋蟀垂下眼睑,阴郁地从森林里走过,步履蹒跚。看到这些,他们也纷纷阴郁了。

当蟋蟀头也不抬地从狮子面前经过时,狮子在灌木丛里发出悲伤的吼叫声。

当白斑狗鱼看见蟋蟀站在柳树下的水边,闷闷不乐地盯着对岸时,白斑狗鱼无精打采地顺流而下。

当青蛙听见蟋蟀郁郁寡欢地叹着气,一瞬间,他不再呱呱叫了,而站他身边的鹭则喃喃自语:"我什么都不想要了……"

大象刚刚把脚踩到椴树最低处的树枝上,就看见蟋蟀脸贴在地上,沿着橡树往前挪。大象阴郁地继续攀爬,灰心丧气地从椴树顶端掉了下来。

当蝴蝶看见蟋蟀啜泣时，满脑子只剩下坠毁，无精打采地拍打着翅膀。

当熊听见远处蟋蟀的呻吟声时，他推开了面前的蜂蜜蛋糕。同样听见了呻吟声的犀牛则给自己写了一封信，信上称自己一文不值。不久过后，收到信的时候，他想，我的确就是这样，一文不值。

当欧乌鸫从橡树上向下张望，亲眼看着蟋蟀垂下肩膀，他唱起了有生以来唱过的最阴郁的歌。当伶鼬在灌木丛中瞥见蟋蟀的身影时，他抑制不住地大哭起来。

这是阴郁的一天。每个人都很沮丧、阴郁。

然而，临近黄昏的时候，所有动物都习惯了蟋蟀的存在。夜幕降临时，再也找不到任何一个阴郁的人了，唯独蟋蟀是个例外。

大象重新兴高采烈地爬上一棵新树，青蛙重新响亮地呱呱叫，他叫个不停，一边叫，一边想：这可真美好啊……

每当有人问"蟋蟀还阴郁吗"，就会有另一个人说："阴郁？蟋蟀？噢，对了，还真有这么回事。"

有些动物再也没有提起过蟋蟀，他们只会提起阴郁的蟋蟀。随着夜越来越深，他们渐渐重拾起蟋蟀这个称呼，毕竟，他们知道，他一直都是这么阴郁的。

"我们也会管你叫慢吞吞的蜗牛。"他们对蜗牛说。

"也对，"蜗牛说，"的确如此。"

夜深了，蟋蟀陷入阴郁的沉思。他步履蹒跚地往家走，谁也没有看见他，谁也没有想起他。

可是，当他第二天依然十分阴郁时，一些动物到底还是想起他来了。到了当天傍晚，每个人都想起了他。

14

大象给动物们写了一封信,他在信里恳请所有人到森林里的空地集合。就当帮我个忙,他写道。

所有动物都来了,唯独蟋蟀缺席。他太阴郁了,帮不了任何人。

等所有人都围坐在一起时,大象说:"亲爱的动物们,每当我爬到树上,我总会掉下来。"

他停顿了一下,环顾四周,想看看动物们的反应。动物们却沉默地想着:是啊,每当他爬到树上,他总会掉下来……

大象清了清嗓子,继续说:"我之所以掉下来是因为我爬上去了。"

是啊,动物们想。的确如此。

"所以,我不该再爬了。"大象说。

是啊,动物们想。

"可是,我怎么才能上树呢?"大象一边用洪亮的嗓音问道,一边疑惑地环顾四周。

动物们思考着。他们的额头上出现了皱纹。可是,他们并不知道。

"我已经思考了很长时间。"大象说。他的目光一一落在每个动物身上。"我知道。"他说。

噢,动物们想。他们感到十分新奇。

"得有人把我抛到一棵树上。"大象说。

"抛?"动物们惊讶地问。

"是的。"大象说。

"可是,这件事该由谁来做呢?"动物们问。

"你们啊。"大象说,"你们一起来。"

"我们?"动物们惊讶地说,他们有的挠后脑勺,有的挠鳍后,有的吃惊地捏住了鼻子。

然而,大象立刻动起手来,给每个人指明了该站在什么位置以及该做些什么。他早就盘算好了一切。

不一会儿,动物们就在空地边缘的橡树下紧紧挨在了一起。

大象爬到他们身上。动物们紧紧抓住他,用胳膊和翅膀把他高举过头顶。

"现在,向后倒。"大象喊道。动物们纷纷向后倒去。

"预备。"他喊道。动物们做好准备。

"现在,深吸一口气。"动物们深深地吸了一口气。

"现在,抛起来!"大象喊道。

动物们用尽全力把大象抛到半空中。"走你!"他们喊道。

大象在空中划出一道弧线,然后以飞快的速度砸到橡树的树冠上。他赶忙用长鼻子缠住顶端的树枝。

橡树折弯了腰,险些倒地不起,不过,它终于还是直立起来了。

大象站起身。"我到了!"他冲着下面喊道。

拼尽全力的动物们还气喘吁吁的,他们抬头望去。

"你们瞧见了吧……"大象喊道。他试图单脚站立,做一个单脚尖旋转的动作。

他砸落下来,发出巨大的声响。

他在动物们的眼皮子底下掉到地上,扬起了漫天尘土。他躺在地上,发出轻微的呻吟。

动物们决定回家去。"反正我们已经帮过他的忙了。"他们说。

只有松鼠留了下来,他小心翼翼地扶起大象。

"所以,根本用不着爬,松鼠。"大象呻吟着。

"是的。"松鼠说。

"这下,我们学会了。"大象叹息道。

"是的。"松鼠说。

"可是,掉落是不可避免的。"大象轻声细语地说。

"是的。"松鼠说。

"任何时候都是不可避免的!"大象用嘶哑的嗓音喊道。

"是的。"松鼠说。他小心翼翼地拍去大象背上的尘土。

15

当山楂红蜘蛛听说蟋蟀很阴郁,而且是不费吹灰之力就阴郁的时候,他在心里想:我从来不会怎么样。

他从来不会快乐,不会严肃,不会生气,不会不悦,也不会沮丧。正如他自己知道的那样,他从来不会怎么样。

我也很想阴郁,他想。

一清早,他就出门去找蟋蟀了。他的背上扛着一根腐烂的山毛榉枝丫。走在路上,他时不时就会啃上两口。

下午,他终于来到了蟋蟀的家。

蟋蟀坐在门口,阴郁地望着地面。

"你好,蟋蟀。"山楂红蜘蛛说。

蟋蟀抬起头。

"你好,山楂红蜘蛛。"他说。

山楂红蜘蛛清了清嗓子,说道:"我也很想变得阴郁。"

蟋蟀惊讶地看着他。

"我从来不会怎么样!"山楂红蜘蛛喊道,"从来不会!"他直跺脚,"就连愤怒都不会!"

蟋蟀点点头,一句话也没有说。

山楂红蜘蛛一一列举了自己不会成为的样子:谦逊、难以捉摸、无忧无虑、敏锐、毫无戒心、平易近人、好吃懒做、固执、威风凛凛。

"我哪个都不会。"蟋蟀说。

"可是,你会阴郁。"山楂红蜘蛛说。

蟋蟀一言不发。

"我不会。"山楂红蜘蛛说。

"它就在我的脑袋里,"蟋蟀说,"那种阴郁的感觉。我不知道它是怎么进去的。"

他讲述了阴郁的感觉以及它做过的一切:撞、钻、踩、打、扎、划、挠、刮、擦,还有很多很多。

"这糟透了。"他说。

"可是,没什么比这更糟的!"山楂红蜘蛛喊道。

蟋蟀一言不发,他们静静地坐了很久,一句话也不说。蟋蟀没有送上任何吃的,山楂红蜘蛛不知道自己还能再问些什么。反正我从来不会怎么样,他想。

天色暗了下来,蟋蟀走进屋子,打算躺在床上瞪着天花板。

山楂红蜘蛛往家走去。在暮色的笼罩下,他环顾四周,似乎在寻找阴郁的感觉。当他发现其中一个时,他赶忙把它抓住,塞进自己的脑袋里。一时间,它又撞又扎,可是,它太小了,猛的一下就逃了出去。"什么事都做不成!"山楂红蜘蛛喊道。阴郁的感觉似乎迟疑了一下,然后消失在了灌木丛中。

夜深了,山楂红蜘蛛到家了。

他坐在窗前的桌子边。我累了吗?他想。不,我不累。我失望吗?不,我也不失望。苦涩吗?沮丧吗?不。

他什么都不会。我永远都不会怎么样,他想。

接着,他睡着了。又大又圆的月亮透过窗户,将月光照进他小小的房间。

16

蟋蟀阴郁地行走在森林里。大树阴郁地看着他,远方的欧乌鸫唱起一首阴郁的歌曲。

一切都很阴郁,蟋蟀想。

他走到一截树桩跟前,坐了下来。

他不想思考,要知道,所有的想法都会带来痛苦。可是,他依然在思考。阴郁的感觉侵蚀了我的想法,他想。他看见它站在自己的脑袋里,站在所有想法的中央,手里举着一截粗粗的玫瑰花枝,用来鞭笞和抽打想法。可是,想法们无处可逃,只能追着彼此跑,绝望地抱作一团。

为什么?蟋蟀想。可是,他每想一次"为什么",阴郁的感觉就抽打得更凶狠一些。

我甚至不再鸣叫了,他想。他试着鸣叫,可是他的嗓音听起来嘶哑而又悲伤。白叫,他苦涩地想。

"我已经黔驴技穷了。"终于,他对自己说。

他就这样坐着。

他周围的大树变黑了,就连天空也变黑了,还有天空正中央的太阳。一阵黑风吹过,黑色的信纷纷从他头顶的高空飞过。

蟋蟀时不时地看看自己。他的外套变黑了,他的脚是黑的,他的翅膀也是黑的。

他脑袋里的想法已经变得一片漆黑,蹑手蹑脚地绕着阴郁的感觉,任它黑漆漆、恶狠狠地怒视着自己。如果我现在大哭一场的话,他想,那么,我一定会落下漆黑的泪水。不过,他并没有哭。

一整天的时间,他都坐着不动。太阳落山了,然而,蟋蟀丝毫没有察觉,反正一切都早就黑了。

月亮照射大地,又黑又圆,挂在漆黑的远方。

蟋蟀躺倒在地。他什么也做不了了。

直到夜半时分,他才睡着。

"啊!他睡着了。"他听见喊叫声,"该我们上场了!"

它们是漆黑的梦,它们追赶着他,簇拥着他,殴打他的脑袋,挤压他。它们笑得很大声。

随着太阳升起,蟋蟀也醒了。我在哪里?他想。他环顾四周。哪里都不是,他想。

他几乎动弹不得。他身上的一切都在又扎又捏。

我该怎么办?他想。他不知道。但他还是站起了身,继续向前走。我必须继续往前走,他想。

站在远处树冠顶端的欧乌鸫又唱了起来,风把一张小字条吹到蟋蟀面前:

你好,蟋蟀:
    这只是一张小字条。
    再见。

                        松鼠

蟋蟀读完小字条,重重地叹了一口气。随后,他加快了步伐。也许,我就该这样做,他想。加快步伐。"你好,松鼠,"他说,"走在这里的只是一个阴郁的人。再见。"

17

大象决定搬到橡树上去住。

只要我住在那里,他想,那么我肯定就不会再掉下来了。就跟松鼠一样。

他觉得这是一个正确的决定。不管怎么说,这也是经过深思熟虑的,他想。

他把床扛到背上,爬上橡树,把床放到最高处的树枝上,他失去平衡,掉到地上。

他躺在地上,头晕眼花。不过,他又重新站了起来,把桌子扛到背上,爬到高处,放下桌子,他又一次失去平衡。

这样的状况持续了一整天。他浑身上下鼓起了一个又一个大包,可他还是坚持下来了。他的椅子、柜子、地板、墙壁、屋顶、帽子……所有东西都被他带了上去。

夜晚伊始，他的房子准备就绪。他站在最后被搬上去的大门跟前。这下，我可以安安全全地住下来了，他想。他走进屋子，来到桌子跟前，坐了下来，心满意足地环顾四周。

只不过，这里还缺一样东西。大象挠了挠耳后窝，思考了起来。他不知道缺的是什么。可是，的确是缺一样东西，这一点，他很确定。是灯！突然，他想到了。

大象自己没有灯。

暮色已经降临。他来到山毛榉跟前，抬头呼唤："松鼠！"

松鼠走了出来，望着地面。

"你好，大象。"他说。

"我搬家了。"大象说。

"噢。"松鼠说。

"我的新家在橡树上。"大象说，"我们成邻居了。"

松鼠点点头，一言不发。随之而来的是一阵沉寂。大象清了清嗓子。

"只不过，我没有灯。"他说。

松鼠一句话也没有说。

"我想问问你……"大象说，"我今晚可以借用你的灯吗？我的意思是，我还不知道东西都摆在什么地方，没有灯，我也许会四处乱撞，又或者是迷路。在我自己的家里迷路，松鼠！这也是有可能的吧？待会儿，我不小心就走出大门，掉了下去。你能想象吗？那真是糟透了。"

松鼠没有说话，他默默地走进屋子，摘下天花板上的灯，从树上爬下来，把它交到大象手里。

"谢谢你，"大象说，"你要尽快来做客噢。"

"好的。"松鼠说。

大象走到橡树跟前，爬了上去。他把灯固定在天花板上。这下，他能清楚地看见所有东西摆放在什么位置了：他的桌子、床、椅子、柜子。他走到桌子跟前，心满意足地环顾四周。住在这里可真好啊，他想。

他又站起身，他还没来得及多想就爬上了桌子，抓住灯。不要，他想。就一下，他想。不行，别做！就一下下！不行！！偏要！！

他随着灯左摇右晃。

"松鼠！"尽管他知道松鼠不在，依旧大声呼喊。

也许，他晃得太用力或者太高了，又或者灯挂错了，反正他忽然连象带灯地飞到了半空中。由于灯还连着天花板，天花板又连着墙，墙连着地板，于是，所有东西都随着他一同飞到了半空中，落到橡树脚边的地面上，发出巨大的声响。

喀……大象想。与此同时，他抬起眼皮，看见摔坏了的床、叉子和两条散落在他身旁草丛里的桌子腿。

但是,我也在橡树上住过了,他又想。从今往后,我就有资本这样说了。我在橡树上住过一段时间……喀,是啊,那里住得还不错……有美丽的风景……可是嘛……

18

熊坐在房子跟前,想到了蜂蜜蛋糕和甜甜的柳树蛋糕的气息,还有蓟花蛋糕奇特的味道。就在这个时候,深陷沉思的蟋蟀从他的面前经过。

"你手头有没有蛋糕?"熊问。

蟋蟀抬起头,说:"没有。"

"喀,好吧,"熊说,"还是进来做个客吧。"

蟋蟀走进屋子。

熊说家里什么东西也没有,因此只是倒了一杯淡淡的茶,就连他自己也不愿意喝。"我也没有办法。"他说。

蟋蟀告诉他自己很阴郁,还说自己的脑袋里装着一种阴郁的感觉。

"那种感觉长什么模样?"熊问。

"我不知道。"蟋蟀说,"我想,应该是灰色的。"

"它是什么味道的?"熊问。

"很苦涩。"蟋蟀说。有时候,他觉得自己简直能品尝出阴郁的味道。

熊点点头。"我明白你的意思。"他说,"我吃过一个阴郁的蛋糕。"

那是在一次生日的时候,在离森林很远很远的地方。他在那里见到了十分罕见的动物:有鸸鹋,有彩虹锹甲,有豚鼠,还有几种极少露面的动物。至于那是谁的生日,他已经不记得了。

"那个蛋糕是什么样的?"蟋蟀问。

"也是灰色的。"熊说,"寡淡无味的灰色。真是恰如其分。上面配着灰色的奶油和灰色的糖。"

蟋蟀叹了一口气。

"它就在桌子中央。"熊说,"谁也不敢把它吃掉。"

他看着蟋蟀。蟋蟀却看着自己空荡荡的杯子。

"但是我敢。"熊说,"任何蛋糕我都敢吃,蟋蟀。"

他蹦起来,用炽热的眼光看着蟋蟀。

"世界上就没有我害怕的蛋糕!"他喊道。

"那个蛋糕是什么味道的?"蟋蟀问。

"糟糕透顶。"熊一边说,一边坐了下来,"苦涩,而且糟糕透顶。可是,我还是把它吃完了。吃得一口不剩。"

蟋蟀点点头，他脑袋里阴郁的感觉却狠狠地往他后脑勺上踢了一脚。

"所有人都围成一圈，深深地被我震撼了。"熊说。

他还说，这一幕结束后，生日聚会依然其乐融融。他还和巨蜥一起跳了舞，之后还有过其他蛋糕：平和的蛋糕、友善的蛋糕、快乐的蛋糕……每个人都向他表示了衷心的感谢。要知道，如果不是他的话，那个蛋糕会被剩在那里，整场聚会也就彻底告吹了。

熊说完这些后，随之而来的是长时间的沉默。阳光从敞开的门里照射进来，燕子匆匆飞过。熊往蟋蟀的杯子里倒了一点儿淡淡的茶，蟋蟀不知道自己该说些什么。

"我还吃过一个悲恸万分的蛋糕……"熊说。可蟋蟀已经决定离开了。

他跟熊打了一个招呼，便走进森林。阴郁的感觉一刻不停地在他的脑袋里来回摇晃，太阳被一片巨大的乌云遮住了。

19

蜗牛躺在悬铃木下沐浴着阳光,陷入了深深的思索。就在这时,蟋蟀从他的身旁经过。

"你好,蜗牛。"蟋蟀说。

蜗牛抬起头,触角向前探了探,说道:"你好,蟋蟀。"

蟋蟀停下脚步,说道:"我很阴郁,蜗牛。"

蜗牛皱起眉头,伸了伸脑袋,然后歪着头,盯着蟋蟀看了很久,说道:"我比你阴郁得多。"

"太糟了。"蟋蟀说。

"太糟了?"蜗牛说。他的脸上露出惊讶的表情。"你想说的是'太难了'吧?"

"太难了。"蟋蟀说。

"是的，太难了。"蜗牛说。他给蟋蟀讲起一个详尽的故事，讲起阴郁的感觉给他带来了什么样的难处，以及他自己并不是一个可以唱着歌、跳着舞面对阴郁的人。蟋蟀完全用不着这么想。身为蜗牛，他是绝对不会避重就轻的。

蟋蟀把脑袋缩回双肩之间。没多久，他就听不下去了。

"你遭罪吗？"趁着蜗牛闭嘴擦黏液的间隙，他问。

"什么？"蜗牛说。他看上去有点惊慌失措。我还从来没有见过他惊慌失措的样子，蟋蟀想。

"你遭罪吗？"他又问了一遍。

蜗牛不知道什么是遭罪。"是的。"他说。为了确保万无一失，他又补充了一句："不过，换个角度来说，也不是。"

"噢。"蟋蟀说。

蜗牛继续讲着他的故事，他一一列举了阴郁带来的巨大负重以及它所有的精心设计（他就是这样说的）。

也许，我只是有一点点阴郁，蟋蟀想。也许，我的阴郁根本算不上阴郁。可是，阴郁的感觉明明就在他的脑袋里，不愿意出去。

"我阴郁极了。"趁着蜗牛说话的间歇，他说道。

"啊，"蜗牛说，"阴郁极了。没错，没错。现在的你肯定阴郁极了。可是,你弄错了,蟋蟀。跟我的阴郁比起来,你的阴郁什么都不是。"他的眼中闪烁着微弱的光芒,这是蟋蟀从没见过的景象。

"你永远不会像我这么阴郁。"蜗牛继续说。他又缓缓地讲述起来,事无巨细地诉说着自己了解的一切以及在他看来,所有人都忍受不了的是什么。他的胸膛鼓了起来,以至于他钻不回他的蜗牛壳里了。其中一面壳发出吱吱嘎嘎的响声,他脑袋上的触角来回摇摆,仿佛在亲善地向无端聚集起来的人群挥手致意。

"噢。"蟋蟀不时地说。

到了下午,蜗牛的嗓子哑了,他再也说不出话来。

"我走了。"蟋蟀说。

蜗牛点点头,打量着他。我在所有方面都强于所有人,他想。只不过,其中最强的就是慢吞吞。他只为蟋蟀没有提到自己慢吞吞而感到可惜,要不然,他就又能讲一个故事了……如果那样的话,这会儿,他的故事才刚刚开头。他叹了一口气,转过头,忧心忡忡地看着壳上的裂缝。

20

我不知所措,蟋蟀想,我破败不堪、不知所措。

他坐在森林中央的一截树桩上。阴郁的感觉撞击着他的前额,仿佛它正在摸黑前行,却不知道路在哪里。

当你阴郁的时候,蟋蟀想,你的感受就变多了。绝望、悲痛、伤心、悲哀、孤单。阴郁把所有东西一股脑儿地带来了。

"阴郁!"他突然喊道。他也不知道这是为什么。他的声音听起来空洞而又颓废。

乌鸦听见他的喊声,俯冲到他身旁。"你喊我?"他问。

"没有。"蟋蟀说。

"噢。"乌鸦说。

"我很阴郁,乌鸦。我非常阴郁。"蟋蟀说。

乌鸦看了看他,挠了挠后脑勺。他皱起眉头,围着蟋蟀绕了一圈。他也仰面朝天地躺了下来,看了看蟋蟀的翅膀底下和脖子里边。

"没有啊,"他说,"你一点儿也不阴郁。"

"不阴郁?"蟋蟀说,"我阴郁极了!"

可是,乌鸦摇了摇头。"你没有丝毫阴郁。"他说。

"我有的!"蟋蟀喊道。

"你没有!"

"有!"

"没有!"

他们面对面站着,凶巴巴的,用力地跺着脚。

"你去问问蚂蚁就知道了!"蟋蟀喊道。

"问蚂蚁?"乌鸦发出刺耳的叫声,"问蚂蚁?还不如问我呢!我知道那是怎么回事!"

"你压根儿就不知道那是怎么回事!"蟋蟀尖叫起来。

"我就是知道!"乌鸦嚷嚷着。

"那我脑袋里的那个感觉呢?"

"那是空气。"

"空气?"蟋蟀喊道,"你居然说它是空气?"

"是沉重的空气。"乌鸦发出刺耳的叫声,"说不定还是黑色的空气。不过,就是空气。"

蟋蟀不再说话,他腿一软。他倒在地上,抽泣起来。眼泪流淌下来,滴落在青草间漆黑的土壤里。"空气的眼泪。"他轻轻地说。

"是的。"乌鸦发出刺耳的叫声,"那是空气的眼泪。你终于能说出一句明白话了。"他朝着山毛榉最低处的枝丫飞去。

"阴郁……"他发出刺耳而又鄙夷的叫声,"没错啦……!"

蟋蟀绝望地抽泣了很久很久,乌鸦消失了,穿过大树,发出刺耳而又生气的叫声。

这么说来,我不阴郁,蟋蟀想。这下,我是真的不知道了。

他想展翅高飞,可他怎么也抬不起翅膀。他翻了个身,依然仰面朝天躺着。

我非常快乐,他想。我鸣叫,我舞蹈,看好了……

可是,谁也没有看到阳光下躺在一小洼泪水里的他。

21

大象给橡树写了一封信。

亲爱的橡树:
  我欣然命笔,问您一个问题。
  我非常希望能爬到您身上,不掉下来。
  只要一次就好。
  如果您同意的话,我就会告诉大家
  您是世界上最美丽、最强壮、最好的
  大树,说什么都行,还有,您能发出
  世界上最悦耳的沙沙声和瑟瑟声。
  我已经做好准备,告诉所有人
  您希望他们知道的一切。

除此之外,您也可以自行决定怎么
让我下来,只要别让我掉下来就好。
另外,我还会问问松鼠,能不能
允许您随着他的灯左摇右晃。
那是世界上最奇妙的事,橡树。
说白了就是恰好和掉下来相反。

大象

信刚一寄出去,大象就来到橡树底下,坐等回复。

可是,他没有等到回复。

他时不时抬头看一看。肯定是不同意,他想。

终于,他确定自己再也等不到回复了。于是,他站起身,耳朵贴在脑袋两侧,叹了一口气,开始向上爬。

该掉就掉吧,他想。

22

蟋蟀走在森林里。可是,他不知道自己要去哪里。脑袋里阴郁的感觉让他无法开展任何计划和想法。

他走出森林,在牧场上跋涉,随后,又拖着沉重的步伐走过大草原,来到沙漠。

那里很炎热。蟋蟀却不觉得热。

我不知道自己在哪里,他想。他只是看着地面,一步一步地向前挪。

傍晚时分,他来到沙漠中央。硕大、滚烫的太阳落山了。

蟋蟀停下脚步,环顾四周。噢,是沙漠,他想。原来我到了这里。阴郁的感觉抬腿猛踢一脚,踢在他的头顶上。它肯定摔了个大马趴,蟋蟀想。

突然,他看见一个巨大的、漆黑的东西朝他迎面走来。

蟋蟀往后退了一步,然后站住不动了。他的脑袋恢复了平静。

他用触角摸了摸干涩的嘴唇。我知道那是什么,他想。他不知道自己是怎么知道的,反正他就是知道,而且,他也知道自己知道。

他打了个趔趄,侧身倒地,滚了一圈,然后躺着不动了。沙子扬进他的耳朵和眼睛。

黑色的庞然大物步步逼近,在他面前弯下了腰。

"我不行了。"蟋蟀小声说,"我真的不行了。"

然后,他觉得自己被一只巨大的手拎了起来,他动弹不得。

他感觉到阴郁黑暗的呼吸拂过他的面庞,没错,正是巨大的阴郁。他不寒而栗。这下,我要消失了,他想。这下……

就在这时,他摔倒了。他转了一圈又一圈,然后就什么都不知道了。

第二天早晨,他在沙漠里醒来,周围处处是沙子。太阳照射在他身上。

蟋蟀抬起眼皮。巨大的阴郁已经不见了。沙漠在阳光下颤抖,平坦而又空灵。

然而,他脑袋里阴郁的感觉没有离开。而且,我也没有离开,蟋蟀想。

　　他站起身。我这就回去,他想。他朝着森林的方向走去。他的步履不再沉重。他大踏步地往前走,甚至时不时还蹦几下。阴郁的感觉在他的脑袋里叮咣乱撞,仿佛空间突然过剩了。

　　汗珠顺着他的脸庞流淌,他的触角熠熠生辉。

　　他想到了巨大的阴郁。它到底想怎么样,他想。想带我走?去哪里呢?是不是因为它松开了我,所以我才摔倒了?那是不小心的吗?

　　他不知道这些问题的答案。可是,巨大的阴郁到底在沙漠中央干什么?他想。是在等我吗?不是,不会的。它另有所图,它一定另有所图。

　　但是,至于阴郁图的是什么,蟋蟀就不知道了。

23

回到家里,蟋蟀突然想起,明天是他的生日。

他揉了揉脸庞,摇了摇头,然后给所有动物写了一封信:

> 我的生日不过了。
> 遗憾。
>
> 蟋蟀

他烤了一个小小的、悲伤的蛋糕,以防有人没看到信。他把桌子搬到屋外的黑莓灌木丛跟前。

生日这天的早晨,他对自己喃喃地说:"不祝你任何快乐,蟋蟀。"

"好的。"他喃喃地回答。

他把悲伤的蛋糕放在桌子上,走到桌子首座跟前坐了下来。

阳光普照,日暖风和,燕子时不时从高空飞过。

谁也没有来。蟋蟀在那里坐了一整天,怔怔地望着空无一人的桌子。今天是我的生日,偶尔,他也会想。阴郁的感觉充盈了他的脑袋,他所有的想法隐隐作痛。想法会流血吗?他想。如果会的话,它们现在就在流血。

傍晚来临的时候,松鼠从黑莓灌木丛旁经过,看见蟋蟀坐着的身影。他迟疑着迎上前来。

"我还是决定来看看。"他说。他咳了咳。

蟋蟀点点头。

"我还带了点儿东西。"松鼠说,"给。"他递给蟋蟀一份礼物。

那是一顶能罩住整个脑袋的帽子。

"我戴起来看看,好吗?"蟋蟀问。

"好的。"松鼠说。

蟋蟀戴上帽子,罩住整个脑袋。

松鼠刮了一点儿灰色的蛋糕,塞进嘴里,然后决定不再吃了。

他们面对面地坐了很久,一言不发。终于,松鼠问:"你还阴郁吗?"

"是的。"蟋蟀从帽子底下发出声音。

太阳早就落到了大树后面。

"我们笑不出来。"蟋蟀说。

"是的。"松鼠说。

"也唱不出来。"蟋蟀说。

"是的。"

"我们更不会跳舞。"

"是的。"

"其实,你不在这里,松鼠。"蟋蟀说。

"是的,其实我不在这里。"松鼠说,"其实,这里没有人。"

"是的。"蟋蟀说,"就是这么回事。其实,这里没有人。"

暮色渐浓,松鼠站起身。"好了,"他说,"我走了。"

"行。"蟋蟀说。

他不再说话。松鼠跟他打了个招呼,然后转身离去。

蟋蟀依旧坐在桌子跟前,帽子遮着他的眼睛。月亮在森林上空升起,照射着黑莓灌木丛和蟋蟀的帽子。

我晚一点儿会给你写信的,蟋蟀想。信上会写:谢谢你,松鼠。不过,不是现在。

他站起身,摘下帽子,把蛋糕丢进灌木丛,把桌子搬进屋,然后躺在床上。

他望着天花板。晚一点儿,他想,它真的存在吗?

他不知道。

24

蟋蟀坐在桌子跟前,想着:我必须做点什么。可是,该做些什么呢?

阴郁的感觉占据了他的脑袋,沉重而又无懈可击。它总是趁他不注意的时候狠狠地踹他一脚。

"您想怎么样?"蟋蟀问。

他的脑袋里一片寂静。永远不回答,蟋蟀苦涩地想,这就是您想要的。

黔驴技穷的他决定写一封信。

尊敬的阴郁的感觉:

您好吗?

至于我过得好不好,您肯定很清楚。

我能为您做些什么吗?
您需要我替您回答什么问题吗?
说不定,您回答不了的问题
我恰好知道答案。
(正如我回答不了的问题
您知道答案一样。)
要是我照做的话,您就会走吗?
您需要我帮您找一个美丽的地方落脚吗?
比如大海里?或者月亮上?
只要您能走,我很愿意帮助您。
您该不会永远留在这里吧?

您所在脑袋的主人

一阵风吹过,窗开了,信被卷到半空中,转了个圈,消失不见了。

然后,风停了。

蟋蟀的脑袋里寂静一片。

此时此刻,阴郁的感觉正在读信,蟋蟀想。可是,他也不能确定,他很想知道这一切,乃至阴郁的感觉,是不是他自己臆想出来的。

可是,不一会儿,又一阵风吹过,一封信落在他的桌子上。

那是一封黑漆漆的信,里面写着黑漆漆的字:

GRAUGSCHRGT

只有这几个字。底下也没有署名。

蟋蟀耷拉着脑袋。"谢谢你,阴郁的感觉。"他一边说,一边握紧拳头砸向自己的脑袋。

他连蟀带椅子摔倒在地,桌子压在他的身上。

信不偏不倚地落在他的脸上。

"GRAUGSCHRGT。"他又读了一遍。

看来,没什么我能为它做的,蟋蟀想。它当然知道所有问题的答案。

阴郁的感觉仿佛站了起来。它钻了起来。可是,它究竟要钻什么?

25

大象生病了。他仰面朝天躺在橡树下的苔藓上，炽热的双眼仰望着橡树顶端。

松鼠站在他的身旁。

大象时不时地发出呻吟，或者浑身战栗。

"也许，我再也不会爬树了。"他冷不丁地说道。

松鼠点点头。随之而来的是一阵沉默。

"如果你再也不爬树了，会发生什么呢？"过了一会儿，大象问道。

"我不知道。"松鼠说。太阳露出笑脸，他想起了小河里波光粼粼的涟漪。如果我再也见不到这一幕了，会发生什么呢，他想。

"那是什么？"大象问。他用长鼻子的鼻尖指了指两滴硕大的水珠。它们正缓缓地沿着他红通通的脸颊向下流淌。

松鼠仔细看了看水珠，说道："它们是眼泪。"

"噢。"大象说。他侧过身去。

他思考了很久，然后背对着松鼠说道："也许，我再也不能用你的灯荡秋千了。"

松鼠伸出一根脚趾，戳了戳苔藓。那可太糟糕了，他想。可是，他没有把这句话说出口。

天气很热，松鼠向后靠去，闭上了眼睛。

突然，他惊醒过来。大象不见了。

松鼠环顾四周。

突然，他知道自己该往哪儿看了。大象正站在橡树最低处的树枝上。"我爬不动了。"他说。他踉踉跄跄、唠唠叨叨。

"我还以为你再也不会爬树了。"松鼠说。

"是的。"大象说，"我也是这样以为的。可是，万一发生了什么可怕的事情呢？比如发生了什么我从没听说过的事情。"

松鼠没有回答。

"那该怎么办呢？"大象问。他的脸颊红通通的，瞪大眼睛盯着松鼠。

松鼠不知道该怎么回答，而大象已经伸脚踩上了下一根树枝。但是，他真的爬不动了。他四仰八叉地摔到地上，发出沉闷的响声。

他的长鼻子被摔折了,发出"咔嚓"一声,他轻轻地叫道:"哎哟,哎哟。"

松鼠给他盖上一床被子,说道:"还是乖乖睡觉吧。"

"从今往后,我真的再也不爬树了,松鼠。"大象说。他用前腿拍打着脑袋。"无论发生什么事情!"他用嘶哑的嗓音喊道。可是,他并不是在冲松鼠喊,而是冲自己喊。"好的。"他喃喃地说,"我相信你。可是,如果……"他想挥一挥他的长鼻子,却怎么也挥不动。"没有如果。"他说,"再也不会有如果了。"

随后,他沉默了。

一段时间过后,他转过身,面朝松鼠问道:"你觉得我的病还有救吗?"

松鼠不知道有没有救,他只是说道:"嘘。睡觉。"

大象睡着了。睡梦中的他渐渐好了一些。

26

　　鼹鼠和蚯蚓都住在地底,他们一同生活在黑暗之中。

　　"你听说了吗,蚯蚓?"鼹鼠问。

　　"什么?"蚯蚓问。

　　"蟋蟀很阴郁。"鼹鼠说。

　　"噢,是吗?"

　　"是的。他阴郁了。"

　　"喀……"

　　他们双双盯着地面。

　　"我们不应该祝贺吗?"蚯蚓问。

　　"是的,"鼹鼠说,"应该的。"

　　他们动笔给蟋蟀写信:

尊敬的蟋蟀：

　　我们衷心地祝贺您

　　成功地阴郁。

　　我们还做不到。

鼹鼠和蚯蚓

很久以来，他们一直努力想变得阴郁，却怎么都没成功。他们站在漆黑的镜子跟前，耷拉着肩膀，皱起眉头，心里念着太阳，用郁郁寡欢的目光环顾四周。

"快了。"他们总是这样告诉对方，"我们就快阴郁了。"可是，他们还是没能完全做到。

这天深夜，他们喝下漆黑的茶，思索着为什么蟋蟀能变得阴郁以及他现在会怎么做。"现在的他真的会悲伤吗？"鼹鼠问。

"我不知道。"蚯蚓一边说，一边把鼻子拱进土里。

整整一夜，他们都待在一起。他们时不时地谈论闷闷不乐的哀怨或是悔恨和灾祸。不过，大多数时间里，他们都沉默不语。

终于，他们在房间的角落里跳起舞来。

跳舞时，他们挨得很近。

"我们跳得真畅快。"他们无可奈何地说。要知道，假如他们能阴郁地跳舞，那么，这一晚，他们会跳得越发畅快。

直到早晨,他们才收到蟋蟀的回信。

尊敬的鼹鼠和蚯蚓:
  我没有成功。它是自然而然发生的。
  假如我是你们就好了。

蟋蟀

可是,鼹鼠和蚯蚓没有看到信。他们睡着了。

27

蟋蟀耷拉着脑袋,倚靠着椴树。阴郁的感觉挤了出来,用力按压他的眼底。别这样,他想。可是,他什么也没说。

他听见一阵敲门声。

"谁?"他说。他环顾四周,周围一个影子也没有。又是一阵敲门声。声音是从椴树里传出来的。

"谁?"蟋蟀说。他扭过头,面朝树桩的方向。

随之而来的是一片寂静。

"什么?"一个声音从椴树里传来。

"您是在叫我吗?"蟋蟀问。

"叫谁?"那个声音问。原来是木虫,他正在椴树里劳作。

"蟋蟀。"蟋蟀说。

"蟋什么？"木虫喊道。

"蟋蟀！"蟋蟀喊道。

随之而来的是一阵沉默。

"您在做什么？"木虫问。

蟋蟀思考了一下，说："我很阴郁。"

"您很什么？"木虫问。

"阴郁。"蟋蟀说。

"什么？"

"阴郁！"

"我听不懂您在说什么。您到底怎么了？"

"阴郁！"蟋蟀把嘴贴到椴树的树桩上，扯着嗓子叫喊。

木虫在木头上敲了两下。

"我还是听不懂您在说什么。"他说，"您为什么不进来呢？"

"怎么说？"蟋蟀问。

"您说什么？"

"怎么说？！"蟋蟀叫喊道。

"对了。"木虫说，"您肯定觉得自己说得很清楚。怎么，怎么……谁听说过这玩意儿？"

蟋蟀没有回答。

"您是要去什么地方吗？"木虫问。

"没有。"蟋蟀说。

"为什么没有?"

蟋蟀不知道这个问题的答案。

"您该不会没有地方可去吧?"木虫问。

蟋蟀点点头,没有回答。

"您知道我是怎么认为的吗?"木虫说。

"不知道。"蟋蟀说。

"我觉得您是一个怪胎。"木虫说。

"噢。"蟋蟀说。

"您到底同不同意我说的话?"

蟋蟀没有吱声。

木虫探出脑袋。"您和空气,"他说,"两个怪胎。"他把脑袋缩了回去,说道:"我可没时间搭理怪胎。"

"您做什么事情才有时间?"蟋蟀问。

"什么?"木虫说。

蟋蟀不吱声了。我自己做什么事情才有时间呢,他想。他耸了耸肩膀。做什么事情都没时间,他想。他的时间似乎被阴郁的感觉吞噬一空。

"再见,怪胎。"木虫说着,消失在椴树的一根粗壮的侧枝里。

"再见,木虫。"蟋蟀说。

一个怪胎,蟋蟀想。这么看来,我是一个怪胎。我,曾经既能鸣叫又能跳舞的我……

他很想叹一口气,甚至大哭一场,可是,他什么也没做。他只是静静地坐在那里。

28

某天早晨,大象在橡树脚下睡着了。

森林里十分寂静。熊蜂在玫瑰丛里嗡嗡叫,忍冬的气味在大树间萦绕。

刚刚睡着的大象站起身,朝着橡树的方向伸出前腿,开始向上攀爬。

我觉得,我睡着了,他想。他小心翼翼地闭上眼睛。

他挺直脊背,镇静地往上爬。

我睡得真香啊,他想。

他听见头顶传来嗡嗡声。一场嗡嗡的盛宴,他想。真热闹啊!这是我梦里的盛宴!

当他爬到橡树顶端时,他大汗淋漓。我猜,我现在在沙漠里,他想。嗡嗡声越来越响,风吹动橡树的顶端,令它来回摇摆。

有人在拉我,大象想。一定是有人想跟我跳舞。真好啊!

"好的。"他一边说,一边翩翩起舞。他不知道自己在跟谁跳舞,毕竟,他的眼睛依然闭得紧紧的。我在睡觉呢,他想。

"我们跳得真畅快啊。"他说。对方只是发出沙沙的响声,没有回应他。

"你想看我单脚尖旋转吗?"大象问,"您觉得好吗?单脚尖旋转一下?"

这时,他听见一个声音:"大象!大象!"

他睁开眼睛往下看。在很远的地方,他看见了松鼠。松鼠正站在橡树脚下。大象刚好单腿站立,打算单脚尖旋转。

"嗯?"他喊道。他失去了平衡,掉落下来,穿过橡树的枝丫,扯下一把树叶,掉在松鼠眼皮子底下的地面上,发出巨大的声响。

"我为什么要醒?"过了好一会儿,他一边睁开眼睛,一边呻吟着,"我总是要醒。"他的眼里满是泪水。

松鼠站在他的身旁。

"很抱歉,大象。"他说,"我本想问你愿不愿意来我家做客。"

大象用长鼻子抹去脸颊上的泪水。

"你的灯还在吗?"他小声地问。

"在。"松鼠说。

不一会儿,他们便朝着山毛榉走去。松鼠支撑着大象,为了确保万无一失,索性背着他上了树。

"我的意思是,你天花板上的那盏灯。"爬到半路时,大象说。

"在。"松鼠喘着粗气。大象很重,而松鼠的家在高高的山毛榉上。

29

当蝾螈听说蟋蟀阴郁时,他决定开一家店。

只要有一个阴郁的,他想,就会有其他想阴郁的。等着瞧吧。只要有一个想吃蛋糕的,就会有其他想吃蛋糕的。

他在槐树下开了一家店,出售阴郁。

刚到中午,天鹅就来了。"您有什么样的阴郁?"他问。

蝾螈仔细地看了看。来了位高雅的客人,他想。"有各种各样的阴郁。"他说,"我的店里肯定能找到一款符合您品位的阴郁。"

他从架子上取下一些阴郁,把它们摆在柜台上。

"这是一款优雅的阴郁。"他说,"这是一款罕见而又谦逊的阴郁。"

"喀,"天鹅说,"真美啊。"他把一个小小的、漆黑的、透明的阴郁举到面前。

"所有见到我的人都会为此哀伤吗?"他问。

"毫无疑问。"蝾螈说,"如果您适时地在不经意间拭去泪水,他们会越发哀恸。"

天鹅一一端详了暗淡而又寒冷的阴郁、发霉而又犹豫的阴郁、尖锐而又愤恨的阴郁和心碎而又凋零的阴郁。不过,他最终还是选择了罕见而又谦逊的阴郁,带着它肃穆地离开了。

当天下午晚些时候,蟋蟀经过蝾螈的店。他在橱窗前久久地驻足。

蝾螈看见他的身影,迎了出来。他用手捂住嘴。"喀……"他说,"多么光彩夺目的阴郁啊……"他摇摇头,上上下下地打量蟋蟀。

"如果你想把它脱手的话,蟋蟀……"他思量着说,"我觉得它赏心悦目。赏心悦目!"

可是,蟋蟀的目光越过他,落在大树之间的阴暗处。阴郁的感觉在他的脑袋里奔跑,它从一只耳朵跑到另一只耳朵,还狠狠地跺脚。

"我不知道。"他说。

"如果你改变主意的话,蟋蟀……"蝾螈说。

店里来了新的客人。他们想买一个适用一晚的小小的阴郁,也想买一个长年累月的阴郁或者长着刺或滑溜鳞片的阴郁。

蝾螈开心极了,他在柜台后来回穿梭。他从不让任何人失望。

临近傍晚的时候,他给剩下的所有阴郁都盖上了黑布。如果不这样做的话,它们会褪色的,他想,到时候,它们就没人要了。

那时候,蟋蟀已经走进了森林深处,他不知道自己要去哪里。阳光穿过大树,斜斜地照射着大地。天气很暖和,可是,蟋蟀冻得瑟瑟发抖。

30

蟋蟀耷拉着脑袋,在自家门口徘徊。他的翅膀像灌了铅一般垂在腹侧,他的脚又臃肿又笨重。

我到底为什么会阴郁?他想。到底是为什么?

这个问题他已经问过自己上百遍了,却一直找不到答案。然而,他每每都会再问一遍。为什么?为什么?

要不然,我不就能永远快乐了吗?他想。他在自己的想法里看见自己蹦跳着、飞翔着穿过森林,他听见自己的鸣叫声。那是我吗?他想。现在这个是我吗?

他摇了摇头。

说不定是阴郁的感觉弄错了,他想。他突然停下了脚步。说不定它把我当成别人了!

他敲敲脑袋。"阴郁的感觉。"他说。

没有回应。他早就猜到了,于是继续说。"你知道自己在哪里吗?"他问,"你是不是以为自己在甲虫的脑袋里?或者乌鸦的脑袋里?那你就弄错了。你此刻所在的是蟋蟀的脑袋。也就是我,蟋蟀。你肯定不知道吧?我一向都很快乐。一向都是,阴郁的感觉!"

他不说话,竖起耳朵听了一会儿。可是,他什么也没听到,他的脑袋里也没再碰撞或碾压。"弄错也没什么大不了的,阴郁的感觉。"他说,"我也经常弄错。有时候,我明明想飞,却鸣叫了起来。而有时候……不过,说到这里嘛……"

他屏住呼吸,环顾四周,继续说道:"我不怪你,阴郁的感觉,真的不怪你。你大可以昂首挺胸地离开我的脑袋。"

他咳了两声。他觉得最后这句话有点怪。不过,他觉得这句话说得很好。他喜欢昂首挺胸。我要是能重新昂首挺胸就好了,他想。

没有任何动静。"走吧。"蟋蟀说,"现在就走吧。我是蟋蟀。是蟋蟀,阴郁的感觉。是蟋蟀!不是甲虫,不是乌鸦,不是章鱼,也不是白蚁。是蟋蟀。你弄错了!你迷路了!快走吧!"

天色还早,阳光透过椴树的树枝洒向大地,鲤鱼兴高采烈地从小河里露出脑袋。

　　蟋蟀不知道自己还能说些什么。他的脑袋里空空荡荡。阴郁的感觉依然待在原来的地方。

　　这时,蟋蟀用力地拉扯自己的脑袋,让它来回摇摆,把它砸向地面,使出吃奶的力气捏住触角,然后摔倒。

　　他四仰八叉地躺在椴树下荒芜的尘土里。它没有迷路,他想。它要找的就是我。它到家了。

31

蟋蟀坐在草丛里。阴郁的感觉用棍子抽打着他的脑袋内侧。

大象坐在他的身旁。"你攀爬的时候,"他说,"就绝对不会阴郁。那是不可能的。"

"为什么不可能呢?"蟋蟀问。

"这是定律。"大象说。

"如果你掉下来了呢?"蟋蟀问。

"如果我掉下来了,"大象说,"我就会疼。可是,我不会阴郁。"他的前额上出现了皱纹,他陷入深深的思考。"不会,"他说,"我不会阴郁。"

蟋蟀没有说话。

"我们可以一起爬……"大象说。

"你确定自己永远不会阴郁吗？"蟋蟀问。

"是的。"大象说，"非常确定。我，大象，还从来没有在爬树的时候阴郁过，也从来没有在掉下来的时候阴郁过。"

不一会儿，他们一起爬橡树。

"你先上。"大象说。

这是美好的一天。

"我们爬得真畅快，是不是？"大象不时地说。

蟋蟀沉默不语。他脑袋里阴郁的感觉搞到了一个哨子一般的东西，于是用尽全力在他的耳朵内侧吹出声响。

他们爬到树顶时，大象说："到了。"

"什么？"蟋蟀问。

可是，大象在快乐地吼叫、拍打耳朵。

蟋蟀脑袋里阴郁的感觉发出刺耳的高音，延绵不绝。蟋蟀伸手捂住耳朵，尽管他知道这样做完全没有用。

大象不再吼叫，而是清了清嗓子，说道："我知道自己不应该单腿站立，尤其是在橡树上。我更知道自己不应该单脚尖旋转。"

他单腿站立，开始单脚尖旋转。"不过嘛……"他一边说，一边耸了耸肩膀。

就在这时，他掉了下去。

"哟吼！"他大喊一声，用长鼻子卷住蟋蟀的鼻子，想要抓住这根救命稻草。

他们一起掉了下去。粗壮的树枝断裂了，弹到他们身上。

片刻过后，他们睁开眼睛时，大象的后脑勺上鼓起了一个大大的包。"可是，我不阴郁。"他轻轻地呻吟。

蟋蟀的翅膀受伤了，鼻子也断了。他的背上鼓起了两个包，前腿也不听使唤了。"我阴郁。"他说。要知道，阴郁的感觉此时正在打鼓，它站在蟋蟀的脑袋中央，使劲而又得意地打着鼓。

大象看着他，用嘶哑的嗓音说道："我不知道。"他小心翼翼地用长鼻子摸了摸后脑勺。"哎哟，哎哟。"他嘟囔着。

蟋蟀试图站起身，远离他脑袋里的鼓声。但是，那压根儿不可能。"也许你应该吊在松鼠的灯上荡秋千。"大象说，"每当我那样做的时候，我都不会阴郁。"

蟋蟀再次试图站起身。鼓声简直震耳欲聋。

大象站起身，拍去身上的尘土，跟跟跄跄地走开了。

蟋蟀仰面朝天躺着，阴郁的感觉不仅没有停止打鼓，还吹响了一种号。它的声音响亮、刺耳、持久。也许，它们有两个人，他想。

32

蟋蟀敲响了松鼠家的门。夜晚伊始。
"谁?"松鼠说。
"是我。"蟋蟀说,"是阴郁的蟋蟀。"
"请进。"松鼠说。他打开门。
蟋蟀走了进去。
"太好了,蟋蟀。"松鼠说,"你想喝茶吗?或者喝点别的?"
在蟋蟀的脑袋里,阴郁的感觉吹响了一种锡号角。那是蟋蟀从没听过的声音。那个声音既响亮又逆耳。
"我不好。"蟋蟀说,"我很阴郁。"
"请坐。"松鼠说。

"我想问问你,"蟋蟀说,"我能不能用你的灯荡秋千?"

"当然可以。"松鼠说。

"也许我就不会阴郁了。"

"是的。"松鼠说。

他们喝了茶。

"你听见了吗?"蟋蟀问。阴郁的感觉在他的脑袋里唱起歌,堪比一支正在学唱一首忧伤歌曲的合唱队。松鼠把耳朵贴着蟋蟀的脑袋,却什么都没有听见。

喝完茶,蟋蟀说:"要不,我去荡秋千?"

"好的。"松鼠说。

蟋蟀爬到桌子上,抓住灯。他摇荡起来。松鼠坐在床沿上。

蟋蟀沉默地摇晃了好一会儿。他脑袋里阴郁的感觉也跟着他一起沉默地摇晃。

"你荡到桌子上空的时候应该喊一声:'你好,松鼠!'"松鼠说。

于是,每当蟋蟀从桌子上空荡过的时候,他就会说:"你好,松鼠。"

"你应该荡得更高一点儿。"松鼠说。

蟋蟀荡得更高了。

"再高点儿。"松鼠一边说,一边默默地叹了一口气。

就在这时,蟋蟀连蟀带灯地摔到了桌子上。桌子被砸烂了。这下,蟋蟀身上之前不疼的地方也统统疼了起来。

然而,他脑袋里阴郁的感觉像在欢呼或者跺脚庆祝什么开心的事情。蟋蟀简直分辨不出来它究竟在做什么。

"很抱歉。"他喃喃地说,"很抱歉,松鼠。"

"你还阴郁吗?"松鼠问。

蟋蟀点点头。

他们坐在桌子和灯的残骸之间,喝了一杯茶。

"很抱歉。"蟋蟀每呷一口茶,就会说一遍。

"没关系。"松鼠每每这样回答他。眼看着蟋蟀面前的杯子空了,他又给他倒了满满一杯茶。

夜半时分,蟋蟀朝家爬去。他脑袋里阴郁的感觉安安静静的。可是,它依然在那里。它在积聚新的力量,蟋蟀想。一想到阴郁的感觉可能会用新的力量做些什么,他就禁不住颤抖起来。

33

一天下午,蟋蟀收到了一封信。

尊敬的蟋蟀:
　　过几天就是我的生日。
　　我久闻您的大名。
　　一谈到你,几乎每个人都会摇头。
　　可我不会。
　　您愿意行行好,
　　来郁庆我的生日吗?
　　我就这么说吧。
　　我已经受够了欢乐的生日……
　　至于礼物,您可以送我一面镜子,

时时照射出我阴郁的面容,即便欢笑
或者不小心感受到内心的满足时,
也不例外。
我会准备一个暗淡的蛋糕。
除您之外,我不会邀请任何人,以免他们
制造欢乐!
我对您充满信心。
您一定不会让我失望。又或是,我应该说:
我希望您不会让我失望?
蝼蛄

当天下午,蟋蟀写了一封回信。

尊敬的蝼蛄:
    我不行。
蟋蟀

34

大象躺在橡树下的草地上。他摸着后脑勺上的包,不时发出轻微的呻吟。

不久之前,他四脚朝天地从橡树顶上掉了下来。他的身旁到处散落着树叶、断了的树杈和枝丫。

他听见一阵沙沙声,可是,他无法分辨那沙沙声是从脑袋里面还是从脑袋外面传来的。他小心翼翼地睁开眼睛。

他的面前站着一个巨大而又沉重的身影,它长长的头发顺着两颊垂落下来,长着硕大的牙齿,全神贯注地盯着大象。

"你好,大象。"身影说。

"您是谁?"大象问。

"是掉落。"身影说,"我是掉落。"

"您好,掉落。"大象叹了一口气。头晕目眩的他还来不及感到惊讶。"您在这里做什么?我已经掉落下来了。"

"我在等你重新爬上去。"掉落说。

"那您可得等很久了。"大象说。

"喀,什么样才算久……"掉落一边说,一边耸了耸巨大无比的肩膀。

"很久就是很久。"大象说。他又摸了摸后脑勺。"很久就是永远。这一点,我很确定!"

掉落掏出一本小巧的书,一边翻,一边嘀咕:"这里写着:'永远:很长时间,永久。又或是:不超过一个或几个片刻。'"

大象闭上眼睛。现在,我明白了,他一边想,一边严肃地点点头。

等他再次睁开眼睛的时候,掉落已经消失不见了。

大象环顾四周,试图坐起身。为什么别人就从来不会从树上掉落下来?他想。为什么永远都是我?

周围静悄悄的。可是,他很确信自己听到了一个声音:"因为你掉落得如此美好……没有任何人能掉落得像你一样美好……"

你说是就是吧,大象想。他起身把脚踩在橡树最低处的树枝上。与此同时,他发出了一声深深的叹息。一个或几个片刻，他想。那倒不算很久。

他听见一阵吱嘎声和飒飒声。可是，他依然无法分辨那个声音是从脑袋里面还是从远处传来的。

喀，他一边想，一边向高处爬去。

他一边往上爬，一边时不时地环顾四周。太阳挂在高高的天空中，远处的小河波光粼粼。在他的头顶上方，橡树的叶子发出沙沙声和瑟瑟声。

大象点点头，爬得越发快了。

眼看着就要爬到树顶了，他听见一个从未听过的声音。"你好，大象。"那个声音说。

大象看见一个小巧而又优雅的身影。

"您是谁？"他问。

"是攀爬。"那个身影说，"我是攀爬。你的攀爬。"

说完这句话，身影就冷不丁地消失了，正如它冷不丁地出现一样。

我的攀爬，大象想，这么说来，它就是我的攀爬……他觉得自己的脸颊因为幸福和快乐而变得红通通的。

他迈出最后一步，一举来到橡树的顶端。就在这时，他突然明白了掉落和攀爬是谁。攀爬是属于我的，他想，而掉落是日后的忧虑。他冲着四周大声喊出最后这句话："掉落是日后的忧虑！"

松鼠恰好从橡树旁经过，他抬头看了看。他看见了大象。"你在喊什么？"他问。

"掉落是日后的忧虑!"大象又喊了一遍。他单脚站立。他的眼睛里闪烁着光芒,他感觉到前所未有的幸福,做了一个单脚尖旋转的动作。

35

动物们决定在森林中央开一场派对。这是为了对抗阴郁,他们说。为了对抗蟋蟀的阴郁。

每个人都来了,还为蟋蟀带来了礼物,仿佛今天是他的生日一般。他们给他带来了快乐的帽子、厚实的外套、毫无用处的节庆物品,还有其他很多东西。

蟋蟀坐在一张巨大的桌子跟前,占据着主座。在他的脑袋里,阴郁的感觉坐在铁制的王位上,嘶喊别人听不懂的命令。

"谢谢你,河马。"蟋蟀咕哝道,"谢谢你,蝴蝶。谢谢你,天鹅。"

他把礼物放在身后的地上,倚靠着桌子。

熊带来了一个蛋糕。

"这是一个蜂蜜蛋糕,蟋蟀。这是我能想到的最美味的蛋糕。"他说,"不过,至于它合不合你的口味,我就无从得知了。反正我喜欢。"

他把蛋糕摆在蟋蟀面前。蟋蟀点点头。

"为了确保万无一失,要不然,我还是自己吃了吧?"熊问,"不管怎么样,至少会有一个人觉得它很美味。"他重新提起蛋糕,把它塞进自己嘴里。

动物们十分快乐。这是他们早就约定好的。他们高声歌唱,唱了夏天,唱了月亮,还唱了小河潺潺,每个人都翩翩起舞:蚂蚁和松鼠跳舞,蟾蜍和大象跳舞,长颈鹿和鹭跳舞。

这是夏日里一个温暖的夜晚。星星在天空中闪烁,小河波光粼粼。

人群中时不时爆发出一阵欢呼,没有原因,毫无来由。

亮火虫在柳树的树枝上闪闪发光,其他萤火虫和蝴蝶在玫瑰丛里舞蹈。

好棒的派对,每个人都在心里想。

夜深了,大家也更快乐了。犀牛把河马抛到半空中,乌龟忘我地四处奔跑,蜗牛乐得咯咯直笑,用触角倒立,还试图向前行走。海象说自己从没有像现在一样充满活力。"我不就是这样的嘛?!"他问所有人,而所有人都说:"是啊,你浑身上下充满了活力,海象。"鼹鼠和蚯蚓毫不在意月光,在户外翩翩起舞。大象爬上长颈鹿的脖子,砰一下掉到地上,喊道:"这次不算!"

有些从不知道自己会笑的动物也笑了起来,就连白斑狗鱼和鲤鱼也放声高唱,伸出鱼鳍搭着彼此的后背。

唯独蟋蟀安安静静地坐在桌子跟前的椅子上,时不时就有一滴晶莹的泪珠滑过他的脸颊。可是,谁也没有看他一眼。

他缓缓地击打桌面,看着自己的手指。真是阴郁的手指,他想。

他从椅子上滑落到地上,躺在桌子底下。

这下,谁也看不见他了。

36

蟋蟀在自己家后面的地上挖了一个洞,坐了进去。洞正好装得下他。只有他的后脑勺露在洞外,拱出地面。

他戴上漆黑的帽子,用它盖住脑袋。

他就这样坐了整整一天。

他不时听见其他动物从身旁路过的声音,他们谈论起他。

"这里是蟋蟀的家。"

"噢,是吗?"

"是啊。他十分阴郁。你肯定已经知道了吧?!"

"是的,我知道。每个人都知道。"

"没错。"

"那到底是一种什么样的感觉?"

"你是说阴郁吗?"

"是的。"

"听我给你细细道来。你瞧……"

然后,他们的声音就渐行渐远了。

他听见风把一封信吹进他门缝的声音,若干个小时过去了,风呜咽着、呼啸着离开了。

午后,有人从这里经过。他停下脚步,大声地呼喊:"蟋蟀!"

蟋蟀听见他来回走动,还踮起脚向屋里张望。过了一会儿,他听见对方一边嘟囔着"他不在家",一边渐渐离去。

是的,蟋蟀想。我不在家。

他挤在洞里,唯一能做的事情就是呼吸和思考。

直到夜色渐浓,他才从洞里爬出来,回到家里。他久久地盯着一罐甜甜的毛茛蜂蜜。可是,他什么也没吃。

接着,他躺到床上。

这一天过得……他想。

夜半时分,蛾送来了一张小小的便条,他只想问候一下蟋蟀。破晓时分,亮火虫透过墙上的缝隙,悄声问道:"你看得见我吗,蟋蟀?"

蟋蟀扭过头去,看见墙上透进来一小束亮光。

"看得见。"他说。

"很好。"亮火虫说。

很好……蟋蟀想。他到底是什么意思?没有,他想。什么意思都没有。堪比什么意思都有。

37

蟋蟀醒来的时候,阳光普照大地,天空湛蓝湛蓝的。

他尝试着起身,可是,他脑袋里阴郁的感觉把他往下拽。他的脑海中闪过一个念头,觉得自己应该再去屋子后面的洞里坐着,不过,他只是仰面朝天地躺着,满脑子都是泥淖和暴风雪。

过了一会儿,他听见一阵窸窸窣窣的声音。风透过门缝,把什么东西吹了进来。原来是一封小小的、红色的信。

蟋蟀还能躺上很久。他脑袋里阴郁的感觉咆哮着:"你做不到。"

我做不到,蟋蟀想。

"而且你永远都别想做到。"阴郁的感觉咆哮道。

而且我永远都别想做到,蟋蟀想。

终于,他站起身,捡起了那封信。

他读道:

亲爱的蟋蟀:

    我听说你很阴郁。

    我知道你应该怎么办:

    你应该好起来。

        (至于我是谁,一点儿不重要)

蟋蟀重新读了一遍信。至于我是谁,一点儿不重要……他想。他会是谁呢?他试图猜测哪些动物是不重要的。是蚊子吗?是蛾吗?是跳蚤吗?是胡瓜鱼吗?是舟鲥吗?

谁都不重要,他想。可是,他不太确定。也许,每个人都有一点儿重要。

阴郁的感觉在他的脑袋里嗡嗡作响。

反正我不重要,蟋蟀想。我真的不重要。我是世界上最不重要的。

可是,这封信并不是他写的。

他重新读了一遍信。你应该好起来……他读道。这句话是什么意思呢?他不知道。好起来,好起来……他想。他依稀记得自己曾清楚地知道这句话的意思。可现在，他已经不知道了。

阴郁的感觉在他的脑袋里发出吱吱嘎嘎的响声。蟋蟀想：那种感觉倒是很重要……

他又把信读了几遍，然后想：这么说来，我应该好起来……信上的的确确是这样写的。

也许，这是一种暗语，他想。可如果是那样的话，就没有任何人能知道好起来是什么意思了。

他拿起一张纸，一笔一画地写道：

  我应该好起来。

他把这张纸挂在墙上。

只要看得够久，说不定我就能知道它的意思了，他想。不管怎么说，这是我应该做的事。

他惊讶地发现自己跳起了舞步。那只是一小步，但的的确确是一个舞步。

似乎阴郁的感觉正愤怒地在他的额头和后脑勺之间来回奔走。

"嘘。"蟋蟀说。

他一遍又一遍地读着墙上的那张纸，直到太阳消失在一片乌云身后，天空中下起大雨。

38

蟋蟀躺在床上。已经是夜半时分了。屋外暴风骤雨,他的房子嘎吱作响。

蟋蟀望着天花板,听到房间从四面八方传来声响。

"我知道你应该怎么好起来。"它们喊道,"你应该嘎嘎叫。你应该叫呱呱。你应该缩成一团。你应该一脸惨白。你应该鼓鼓囊囊。你应该胡乱猜测。你应该装聋作哑。你应该珍惜臆测……"

"我做不到!"蟋蟀喊道。

"你必须做到!"声响们喊道。它们的声音越来越大。

窗户被砸开,一个硕大无比的蛋糕飞了进来。

"大快朵颐!"它们喊道,"狼吞虎咽!"

与蛋糕一同飞进来的还有翅膀,还有鱼鳍,蟋蟀得把它们安插在身上,用来飞走或者游走。

"我做不到!"他喊道,"我做不到!"

"你必须做到!你必须做到!"

就在这时,他听到脑袋里传来一个低沉的声音。那是阴郁的感觉的声音。"吼。"它说。

其他声音集体沉默了,他的窗户被重新关上。

只有一个小小的声音还在吱吱作响。它十分微弱:"你必须犯错。"

周围一片寂静。

蟋蟀瞪着天花板,天花板也瞪着他,说道:"是啊,蟋蟀,是啊……"

在他的脑海里,阴郁的感觉抱头屈膝。它快睡着了,蟋蟀想。它做不到了。

虽然只是转瞬即逝,虽然必须小心翼翼的,以免吵醒它,可蟋蟀还是快乐了一下。

然后,他也睡着了。

39

"你也从树上掉下来过吗?"大象问松鼠。

他们坐在松鼠的家里。他们一同喝着茶。夜幕才刚刚降临。

"没有。"松鼠说。

"可是你没少爬啊。"大象说,"怎么会这样呢?"

"我不知道。"松鼠说。他真心不知道。

大象严肃地看看自己的茶,问松鼠自己能不能在灯上荡一会儿秋千。松鼠同意了。

夜深了,他离开松鼠家的废墟,从山毛榉的顶端掉落下来,制造出巨大的动静。

第二天,他有了一个计划。他把自己伪装成松鼠的模样,来到橡树跟前。

"你好，松鼠。"甲虫从他身旁经过，说道。

"你好，甲虫。"大象说。甲虫停留了一会儿，思索着松鼠是不是一直都长着一根长长的鼻子。可是，大象径直走了，心想：看来，我真的是松鼠……

他哼唱着小调。在他看来，这是松鼠会哼唱的小调。然后，他踩上了橡树最低处的树枝。

哟呵，他想。他说："是我，橡树，是松鼠……我要上去一下……"

橡树发出沙沙的响声，来回挥舞树枝。

大象朝着树顶爬去，而后从树顶俯视整片森林。他看见沙漠、海洋，还有远处的高山。

"我是松鼠！"他喊道，"是松鼠！"

就在这时，他掉了下来，穿过树枝，掉落到地上。

"哟吼！"他喊道，"我是松鼠！我从来不会掉下来！"

他重重地摔在地上，头晕目眩地躺着。

松鼠亲眼看见他掉落，赶忙奔了过来。

大象睁开眼时，看见松鼠正站在他的身旁。"我喊了。"他呻吟道。

"你喊什么了？"松鼠问。

"我是松鼠。"大象小声回答。

松鼠什么也没说。

"那我应该喊什么？"大象问。他的眼睛里噙着泪水。

松鼠小心翼翼地扶起他,揉了揉他身上的肿块,拉直象鼻,让大象变回了大象的模样。

片刻过后,他们一步一个脚印地走过森林。"掉落什么都不管。"大象一边走,一边说。

"你知道掉落是什么吗?"大象停下脚步问道。

"不知道。"松鼠说。

"是无情无义。"大象说。

他们一言不发地继续往前走。

40

森林的角落里,麻雀正在讲课。

他很忙。他急着在学生之间穿梭。

大象上了一门不再掉落课,再一次爬上一棵小树。

"我永远也学不会!"每当他掉下来时,他就会喊。

"不要绝望,大象。"麻雀兴奋地叽叽喳喳,"你就快学会了。"

蟋蟀正在上课,学习怎么才能好起来。

麻雀在偌大的黑板上写道:

　　好起来就是变得更好。

蟋蟀照着抄了一遍。

"很好。"麻雀说,"你已经成功了一半。"

阴郁的感觉在蟋蟀的脑袋里嘎吱作响。

"现在,你重复一百遍:'我已经变得更好了。'"麻雀说。

蟋蟀照做了。可是,刚说了五遍,他就不记得自己说了多少遍了。

"没关系,"麻雀说,"重新开始吧。"

蟋蟀重新开始。

"生活真辛苦!"麻雀一边叽叽喳喳地说,一边再次飞向大象。大象又掉了下来,大头朝下地栽在地上。

等到太阳下山的时候,大象再也站不起身了。他浑身上下遍布着几十个肿块。

"你就快学会了,大象。"麻雀叽叽喳喳地说,"你也是,蟋蟀。你也就快好起来了。"

大象不住地呻吟,麻雀说自己还从没教过这么好的学生。

蟋蟀说:"我已经变得更好了。我已经变得更好了。我已经变得更好了。"直到说了十遍,他才忘记自己说了多少遍,于是,又重新开始。

"我们明天再继续。"麻雀叽叽喳喳地说,"到时候,我会带着蛋糕来,还会给你们演示我是怎么避免掉落的,又是怎么不费吹灰之力好起来的。"他快乐地转了几圈，然后飞走了。

大象和蟋蟀什么也没说。

蟋蟀在一片漆黑之中，拖着沉重的步伐朝家走去。我就快好起来了，他阴郁地想。阴郁的感觉似乎把什么牢不可破的东西一分为二了。

大象躺着不动，紧紧地闭着眼睛。我不回家，他想。明天一到，我立刻重新开始。

可是，当第二天早晨到来的时候，他听见远处橡树发出的沙沙声，放弃了继续上课的念头。

41

蟋蟀到蚂蚁家做客。天阴沉沉的。
"我应该好起来,蚂蚁。"蟋蟀说。
"是的。"蚂蚁说。
"可是,我没有好起来。"
"是的。"蚂蚁说。
"我太阴郁了……"
蚂蚁什么也没说,蟋蟀耷拉着脑袋,垂头丧气。随之而来的是长时间的寂静。
"如果我没有好起来的话,"过了一会儿,蟋蟀问,"会怎么样呢?"
"那你就会变成其他模样。"蚂蚁说。
"什么模样?"蟋蟀问。

"我不知道它叫什么。"蚂蚁说。他的嗓音很嘶哑，样子十分严肃。

"会爆炸吗？"蟋蟀问。阴郁的感觉抡起树桩般粗壮的物体砸向他额头的内侧。

"不会，不会爆炸。"蚂蚁说。

"会跳舞吗？"蟋蟀问，"阴郁的舞蹈？"这是我随口说的，他想。

"不会，不会跳舞。"蚂蚁说。

蟋蟀再也想不出别的可能了。

他们喝了一小杯茶。蚂蚁的家里几乎什么都没有。

他们聊到了痛苦的犯错、狂暴的大雨和悲伤。蚂蚁解释了什么是悲伤。蟋蟀点点头。

"这就是我的感受。"他说。

天色已经很晚了，可是，蟋蟀站不起身。

"我做不到了。"他说。

阴郁的感觉变得庞大而又沉重，纹丝不动。

"如果我没有好起来的话，会一分为二吗？"蟋蟀问，"或者凋零？"

"你猜不到的。"蚂蚁说。

他解释说这也是他一直遍寻不到的答案。

"蟋蟀，我什么答案都能找到，"他说，"可唯独这个不行。"

"它掉下去了吗？"蟋蟀问。

"你别猜了。"蚂蚁说。

接着,他们陷入了沉默,头枕在胳膊上,在蚂蚁的桌子跟前睡着了。

42

隔天,蟋蟀来到天牛跟前。
我应该好起来,他想。
当他来到天牛家门口时,看见门上挂着一块牌子,上面写着:

> 请勿打扰。
> 我不在家。
> 　　天牛

蟋蟀迟疑了一下,还是敲了敲门。
"天牛。"他说。
屋子里传来一声咆哮。

"你打扰我了。"天牛说。

"我很阴郁。"蟋蟀说,"太阴郁了……"他走进屋子。

"是啊。"天牛说,"你一定觉得自己应该好起来。"

他从黑暗中现身,一把抓住蟋蟀的一根触角,把他举过头顶,转了三圈。

"还阴郁吗?"他说。

"是的。"蟋蟀短促地说。

于是,天牛松了手。蟋蟀撞到墙上,支离破碎地落到地上。

"好起来。"天牛说。

他抓住蟋蟀的鼻子,把他丢到屋外。然后,他用力地摔上了门。

蟋蟀倒在屋外的台阶上。"我已经变得更好了。"他呻吟道。他爬起来,努力向上蹦。可是,他没有成功。不过,他打心底里觉得快乐。装在他脑袋里的阴郁的感觉不见了。

"好起来!"他喊道,"我已经变得更好了!"

就在这时,阴郁的感觉冲将而来,挤进蟋蟀的脑袋,用跺脚和咆哮把那里填得满满当当的。

我不该喊出来的,蟋蟀想。我应该立刻躲起来。那样的话,它就永远都找不到我了。

他坐在地上。这下,我还很失望呢,他想。脑袋里都是阴郁,其他地方全是失望。

他侧身倒下。

我做不到了,他想。

然而,他又站了起来。我应该好起来,他想。一定要好起来!

他又看了看天牛家门口的牌子。看起来,他不在家,他想。

他不敢再敲门了,转身走进森林深处。

我怎么才能好起来呢?他想。

阴郁的感觉在他的脑袋里清了清嗓子,沙哑而又轻蔑地说:"问题就在这里……"

别哭,蟋蟀想。先别哭。挺住。

43

就在同一天早晨,大象也去了天牛家。该想想办法了,他想。他浑身上下都是肿块,就连脚趾、耳朵、长鼻子和肚子也不例外。他从头到脚都已经没有能让他再摔一次的地方了。

他一边摇头,一边流露出厌恶的眼神,一脚踢翻了天牛家门口的牌子。

天牛坐在窗户跟前,眼睁睁看着大象到来。真行啊,他想。

"我再也不想掉下来了,天牛。"大象走进屋子,说道,"我再也不想掉下来了。"

天牛的目光越过他,望向远方。在那里,一小朵洁白的云彩挂在大树的顶端。

"我想做点别的,"大象说,"可我该做什么呢?只要爬树,我就会掉下来。"

天牛打了一个哈欠。

"你有什么想法吗?"大象问。

"游泳。"天牛说。他伸了一个懒腰,躺在床上。他闭上了眼睛。

大象仍然站在大门旁。游泳?他想。

"你的意思是用游泳代替爬树?"他问。可是,天牛没有回答。他翻了一个身,响亮地打起呼噜。

大象走出屋子,站在天牛家门口,陷入了沉思。随后,他点点头,全力以赴地朝着小河奔去,一个猛子扎进水里。原来,我想游泳,他想。

他坚定不移地顺流而下。他不时想向河岸游去,可每到那时,他都会摇摇头,在心里想:不行,我要游泳,我只想游泳。的确如此,他想,我不会再掉下来了。

暮色降临时,他游向了大海。

第二天早晨,他依然游个不停。他累极了,几乎没有力气让脑袋浮出水面。可是,我没有爬,他想,这样我也就不会掉下来了。

这天下午,他遇见了鲸。"你好,大象。"鲸说。

"你好,鲸。"大象喘着粗气。

"你在这里做什么?"鲸问。

"我想游泳。"大象说。

"噢。"鲸说。

"我不想再爬树了。"大象说,"你会爬树吗?"

"不会。"鲸说。

"那你会掉落吗?"

"掉落……"鲸说。他思考了好一会儿。他不太知道什么是掉落。"不会。"他说。

"瞧见了吧?!"大象说。

鲸带着他游了很远,在偏僻的海湾里一同喝了带海藻的海水茶。他们周围连一棵树都见不到。幸亏如此,大象想。他把有关攀爬和掉落的一切都告诉鲸。

"喀……"鲸总是这么说,"真奇特啊!"

"是啊,非常奇特!"大象喊道。他谈到橡树、椴树还有悬铃木时,眼里满是泪水。

"爬到树顶时,就可以站起来。"他说。

"噢,是吗?"鲸说。

"是的。"大象说,"甚至能单脚站立。单脚噢,鲸……!"接着,他沉默了。他呷了一口茶,说道:"行了,我得继续往前游了。"

鲸向他挥手致意。

大象缓缓地朝着大海中央游去。游泳不会带来伤痛,他悲伤地想。

44

当动物们围坐在一起,谈论起蟋蟀、阴郁的感觉以及他怎么才能好起来的时候,蜗牛向前迈了一步。

"我知道应该怎么做。"他说,"我已经变得更好了。"

他做了一个倒立。

"我已经好得无以复加了!"他喊道。

动物们一言不发,只是瞪大了眼睛看着他。

蜗牛侧身倒下,站起身,狠狠地砸向自己的壳。

"别这样!"动物们喊。

"偏要。"蜗牛说,"我要这个壳有什么用?我要住到外面去。反正我已经变得更好了,不是吗?!"

他奔跑了很长一段距离,撞上了山毛榉。这一下可撞得不轻。

"你看见山毛榉是怎么撞我的了吗?"他喊道,"蠢货,蠢货……"

他哈哈大笑,仰面倒在一个泥潭里,然后站起身。他思考了一会儿,抬头看了看,脸上露出灿烂的笑容,然后爬上了山毛榉。

"别这样!"动物们又叫喊起来。

可是,蜗牛已经爬到了树顶,用触角倒立,然后掉了下来。

眼看着就要落到地上了,他展开两片乌黑的翅膀,缓缓地、呼扇着飞走了。"瞧见了吧?!"他用刺耳的声音说道。

动物们看得目瞪口呆。"这算是奇迹吗?"从没见证过奇迹的动物们问道。

"不算。"蚂蚁说。可是,他也不知道这算什么。

等到蜗牛从大家的视线里消失的时候,蚂蚁解释了"更好"有许多不同的种类,正如世界上有许多种类的蛋糕一样。熊点点头。

"有些种类乏味或者沉闷。"蚂蚁说,"真正的'更好'是甜的,和蜂蜜一样甜。"

他们听见蜗牛在远方嘶吼。

突然,天色暗了下来。

"我遮住了太阳!"蜗牛嘶吼道。

动物们瑟瑟发抖,紧紧地抱成一团。熊紧挨着乌龟的龟壳。"泥淖蛋糕,"他一边苦苦思索,一边喃喃地说道,"那不是我的菜。"

"你说什么?"乌龟躲在龟壳里问。他为蜗牛和他怪异的紧迫感感到羞愧。

"胆汁蛋糕加泥巴。"熊喃喃地说。

远处传来巨大的扑通声。

没过多久,他们就听到蜗牛的呼喊:"游泳,小河,要不然,你会被淹死的!"

随之而来的是一片沉寂。

刺猬清了清嗓子,说道:"说到蟋蟀嘛……"

45

动物们开了一整晚的会。等所有人都发完言了,他们便一同来到蟋蟀家。一支长长的队伍熙熙攘攘地穿过森林。

蟋蟀躺在床上,瞪着天花板。在他的脑袋里,阴郁的感觉正对他破口大骂:"笨蛋!无足轻重的笨蛋!真丢人!"

蟋蟀不知道自己怎么丢人了。或许,一切都很丢人吧,他想。

动物们走进他的房间。

"我们都是来为你效劳的,蟋蟀,没关系。"领头的动物说,"我们已经决定了。"他们同他握了握手,又敲了敲他的背。

排在后面的动物们也伸手挤了进来，纷纷想和蟋蟀握握手、敲敲他的背。

等到房间被挤得满满当当时，他们便开始为他献唱，为他吹走肩上的灰尘，擦拭他的触角。

知道秘密的动物们在他的耳边讲述秘密，知道谜语的动物们忙着为他揭开谜底。

有些动物烤了蛋糕，把甜甜的蜂蜜灌进蟋蟀的喉咙，说他看上去棒极了。其他动物爬上他的桌子发表演讲，称他为"宝贵的"和"极其奇特的"；要不然，就贴着他的耳朵大喊，让他什么都不要在意。

蟋蟀的家被挤得水泄不通，而门外还站着成百上千的动物，他们都想为蟋蟀效劳。

"该我们了，该我们了！"他们喊着。

"等一下！"屋里的动物们喊道。他们正忙着为蟋蟀做些什么。

房子的墙壁嘎吱作响，轰然倒塌。然而，屋顶被鹿的角架住了。蟋蟀丝毫没有察觉，水牛正紧紧地抱着他，用力拍打他的后背，给予他鼓励。

"哎哟。"蟋蟀说。

"是啊。"水牛说，"轻柔的鼓励起不了任何作用。"

在蟋蟀家对面，大象爬到悬铃木上，从树顶上往下掉。"以此向你致敬，蟋蟀！"他喊道。他希望蟋蟀能听见自己的呐喊。接着，他啪嗒一下掉到地上。

新的动物源源不断地出现。海象从水里爬出来，问道:"他在哪儿?他看起来怎么样?"他很想说说自己多么喜欢蟋蟀。孔雀则喊道蟋蟀应该看看他。

天空中不时飞过一个蛋糕,那是专门为蟋蟀做的。它们不是在沙漠里烤制的,就是在海洋的另一端烤制的。

云朵聚集起来,挡住了太阳。天空中下起了雨。可是,没有人想去避雨。"避雨随时都可以,"犀牛说,"变好却不行。"

一连若干个小时过后,每个人都为蟋蟀做了些什么。

"现在,你好一点儿了吗?"紧挨着蟋蟀的动物们问道。

蟋蟀抬头看了看。他的眼睛很大,眼神里写满了悲伤。他没有回答。

"或者,就快好一点儿了?"他们问。可是,蟋蟀还是一言不发。

动物们看出他并没有变好。这下该怎么办,他们想。他们面面相觑,谁也不知道答案。

于是,他们回家了。他们排着长长的、严肃的队伍,摩肩接踵。我们已经尽力了,他们想。这一点毋庸置疑。

鹿的角上还架着蟋蟀的屋顶,熊的背上扛着一个巨大的柳树蛋糕。反正他也不喜欢,熊想。

半路上,他们遇见了蜗牛。"我很忐忑……"蜗牛喃喃地说，"我太忘乎了……"他面色惨白、疯疯癫癫。他不想跟任何人说话，径直爬到一丛灌木底下，等着所有人离去。

蟋蟀被留了下来。他仰面朝天地躺在地上，直面倾盆大雨。阴郁的感觉在他的脑袋里荡来荡去、荡来荡去。

只有松鼠还陪着他。他正尽力帮他把房子重新搭建起来。他用地板做屋顶。

暮色渐浓，雨依然下个不停。

"搞定。"松鼠说。他一把拉起蟋蟀，把他背进家门，放到床上。

他坐在床尾，一直等到蟋蟀入睡。

46

大象想爬橡树。可是,最低处的树枝上坐着河马。他紧闭双眼,惬意地躺着。

"让开。"大象说。

河马睁开一只眼睛,看着面前的大象说:"不行。"

"可是,我要过去。"大象说。

"我先来的。"河马说。

"让开!"大象喊道。

"不行。"河马说。

大象满脸通红,急得直跺脚。他愤怒地瞪着河马,朝着山毛榉奔去。可是,甲虫坐在山毛榉最低处的树枝上,不肯让大象通过。椴树上坐着的是蟾蜍,挡住了他的去路。

"我要爬树!"大象大吼大叫。

每棵树最低处的树枝上都坐着一个动物。就连白斑狗鱼也上气不接下气地坐在一棵树上。不远处坐的是鲤鱼。但是,谁也不肯让路。

终于,大象来到森林里的空地,一屁股坐在地上。我要爬树,他想。非爬不可!

可是,他已经无法很好地思考了。

太阳出来了,橡树的顶端坐着欧乌鸫。

"欧乌鸫……"大象呻吟起来。

欧乌鸫唱了一首长长的、快乐的歌曲,时不时还配上轻快的舞步,单脚站立了好一会儿。

一个奇特的声音突然响起,仿佛什么东西破碎了。

是我心里的东西,大象想。他不知道自己心里有什么,更不知道自己心里有什么能破碎的。

他开始向上攀爬。正午时分,在森林的空地上,他近乎垂直地向上爬去,爬向天空。他看见一片火红,他四处播撒的光辉照亮了遥远的天际。

所有大树最低处树枝上的动物都拨开树叶,目瞪口呆地看着他。

"别爬。"他们喊。

"非爬不可。"大象喊道。他已经爬到半空中,比森林里最高的大树树顶还要高。

"可是……"动物们齐声喊道。

就在这时,大象掉了下来。非掉不可,他沮丧地想。

扑通一声巨响传来。整座森林都为之颤抖,大地裂开了一道缝,河水溢出河堤。大象从没有掉得这么重过。

动物们赶忙从树上爬下来,飞奔到大象砸出的洞旁。他灰扑扑的,身上的每一处不是断了就是肿了。

好一会儿,他才缓缓地睁开眼睛。只不过,他仍然动弹不得。

"你们别再这么做了,行吗?"当他看见动物们的面庞时,小声地说道。

"行。"动物们说,"我们再也不这么做了。"他们躲开了大象的视线。

47

蟋蟀躺在床上,瞪着头顶上方的天花板。

敲门声响起。松鼠走了进来。

"你好,蟋蟀。"他说。

"我还没好起来。"蟋蟀说。

"是的。"松鼠说。他坐在床边的椅子上,给蟋蟀看了看他带来的灯。可是,蟋蟀摇摇头。他不想荡秋千。他什么都不想要。

松鼠不时地晃动蟋蟀的床,打开窗户,又关上窗户,问蟋蟀想要点什么。可是,蟋蟀什么也不想要。

"你还不走吗?"过了好一会儿,蟋蟀问道。

"你想让我走吗?"松鼠问。

"不想。"蟋蟀说。

松鼠没有走。

这是阴冷的一天。他们不时听见远处传来一声巨响和"哎哟"的叫声。除此之外,森林里静悄悄的。

松鼠在蟋蟀的床边坐了很久很久,直到他觉得自己能窥探蟋蟀脑袋里的感觉,能看见阴郁的感觉了。它看上去硕大而又灰暗。

只要我足够小心,松鼠想,说不定就能抓住它。

蟋蟀闭着眼睛,仰面朝天地躺着。他纹丝不动。松鼠小心翼翼地站起身,悄无声息地弯下腰,慢条斯理地伸出右手,搭在阴郁的感觉身上。

它冰冷而又滑溜。松鼠打了一个冷战。

我必须抓住它,他想。

他伸出另一只手,小心翼翼地让那只手也搭上阴郁的感觉。

然后,他牢牢地抓住它。

"什么?"蟋蟀喊道,"不对!哪儿?"他一个鲤鱼打挺坐了起来。

装在蟋蟀脑袋里的阴郁的感觉横冲直撞,可是,松鼠紧抓着它不放。他拉呀拉。蟋蟀一边呻吟,一边来回摇晃。松鼠必须咬紧牙关。他险些被拖上天。可是,他没有松手。他使出浑身力气,牢牢地拉住它。

阴郁的感觉四分五裂。松鼠忙不迭地往后退。可是,他的手里还握着一大块阴郁的感觉。他砰一下摔倒在地。蟋蟀也忙不迭地往后退,狠狠地撞在床边的墙上。

松鼠站起身，给蟋蟀看了看他手里那个冰冷而又滑溜的东西，然后把它撕了个粉碎，埋在屋子外面。

"它没走。"松鼠进门时，蟋蟀说道，"不过，它的确变小了。"他严肃地看着松鼠。

松鼠喘着粗气，又一次坐了下来。

片刻过后，他尝试抓住余下的阴郁的感觉。可是，它太小了，能轻易地在蟋蟀脑袋里找到阴暗的角落躲起来。

"算了。"蟋蟀说。

天黑了，松鼠回家了。

他听见鼹鼠在地底下喊："这是什么东西？"

"阴郁的碎片。"松鼠大声回答，"别动它！"

"原来如此。"鼹鼠说。他赶忙出发寻找蚯蚓，让他警惕那些阴郁的东西。

松鼠把阴郁的碎片挖出来，继续撕扯，直到它们变成尘埃，成为漆黑的小粉末，再也不能作恶。他把它们吹到空中，风把它们卷去无人居住的远方。

明天，我再试试新办法，松鼠一边想，一边往前走。只不过，他还不知道新办法是什么。

48

"思考太美好了,松鼠。"大象对松鼠说。一个夏日的早晨,他们一同坐在山毛榉下。

松鼠点点头,思绪飘到了远方和煨熟的山毛榉坚果。

"现在,我思考的是爬橡树。"大象说,"我思考着自己刚刚攀上最低处的那根树枝。"

松鼠没有说话。

"现在,我思考着自己已经爬到了树腰上。这简直就是水到渠成的事!"大象说。他挥舞着长长的鼻子,蹦了起来。他的耳朵呼扇呼扇的。

"现在,我思考着自己已经来到橡树的顶端。"他喊道,"阳光灿烂。我俯视整座森林。你好,欧乌鸫！你好，燕子！你好，松鼠！我在叫你呢。你知道吗，你是一个小黑点。"

"不知道。"松鼠说。他惬意地向后倒去，继续思考着煨熟的山毛榉坚果配上蜂蜜和栗子。他望着天空中一小片洁白的云朵，用舌头舔了舔嘴唇。

"现在，我思考的是我没有掉下来，我再也不会掉下来了。"大象说，"思考真是太容易了……不费吹灰之力！"

"是的。"松鼠说。

"现在，我思考的是我在橡树顶端单脚站立，朝四周呼喊，我……"大象说。

突然，他不说话了。松鼠看见他的额头上出现了几道深深的皱纹，他惊慌失措地四下张望。

接着，大象紧紧地闭上眼睛，发出微弱的呻吟。

"你现在在思考什么？"松鼠问。

"什么也没有。"大象说。他揉了揉后脑勺。

松鼠没有继续追问。他掏出一片早就埋在山毛榉下的椴树皮，把它递给大象。

"除了思考，还有什么？"大象一边问，一边咬了一口椴树皮。他说这是他吃过的最美味的树皮。"我的意思是，还有什么比它更美好的事情？"

但是，松鼠从没听说过这样的事情。

49

太阳挂在高高的天空中。

我到底照耀得对不对?它想。它从来都不能确定这个问题的答案。它总是突然照耀得猛烈一些,又突然照耀得柔和一些。至于照耀得对不对嘛……它一整天都在思考这个问题。

到了晚上,它总是很累。与其说它是照耀累的,不如说它是思考累的。它下山了。它落到地平线之下,迅速地进入梦乡。至于那里的景色如何,它一无所知。

它一旦醒来,就会立刻蹦起来。一瞬间,它不知道自己身在何处,于是,它赶忙露面,重新照耀大地。晨曦来临了。它喜欢晨曦。为什么不能永远都是晨曦呢?它常常在心里想。它怎么也想不明白。

有时候，云朵挡在它的跟前。每到那时，它就会想：现在该怎么办？它一边想，一边挠着光芒万丈的后脑勺。

噢，对了，不知过了多久，它想。露面，我应该露个面，千真万确。于是，它从云朵后面爬了出来。

在遥远的下方，它看见整个世界。它看见沙漠、森林、波光粼粼的小河、大草原、大海……

它还看见许多或静或动的小黑点。有时候，它们聚集在一起，围绕着彼此转圈圈，有时候，它们会飞起来或者消失在水里，有时候，某个小黑点会凭空消失。

至于它们究竟是什么，太阳并不知道。是灰尘？还是某些星星？

太阳皱起眉头。我照耀得不对，它想。肯定是我照耀得不对。可是，我该怎么照耀呢？我能问谁呢？不能问月亮。它一向都只知道问问题，不知道找答案。而太阳也永远不会愿意像月亮一样照耀大地：苍白而又有气无力。

我没人能问。

我必须照耀大地，这一点，我很确定。可是，这似乎也是我唯一知道的事情了，它想。它试图换一种方式照耀：更鲜活、更温和、更似水。

当太阳可真奇怪，它想。谁都不知道这件事有多奇怪。

它散发出万丈光芒,更透亮、更清澈。啊,它想,现在,我肯定照耀得恰到好处。我就应该继续这样照耀。只要我能做到……

小河波光粼粼,所有小黑点都仰面朝天地躺了下来。

这就是夏天。太阳挂在高高的天空中。

50

一清早,蟋蟀就惊醒了。阳光透过窗户照射进来。粉末在他的桌子上翩翩起舞,墙上挂着满是贴士和好意的便签条,比如"快乐总在阴郁后"和"你的唧唧声是全世界最美妙的唧唧声"。这些都是动物们寄给他的。

蟋蟀一个鲤鱼打挺坐了起来。

有件事情很奇怪,实在太奇怪了。可到底是什么事?

他环顾四周。他看见地板、天花板、门、柜子、桌子、椅子和窗户。一切安然如故。

窗帘在晨风的吹动下轻轻飘拂。

他知道了。

装在他脑袋里的阴郁的感觉不见了。他的脑袋空荡荡的。想法怯生生地从缝隙和洞穴里钻出来,在辽阔的空间里穿梭,显得不同寻常。

它不见了!蟋蟀想。

他又一次环顾四周。它会不会躲在什么地方?他仔仔细细地查看了床底下、柜子里、桌子下,还有绿色外套的袖子里。可是,阴郁的感觉真的不见了。它消失得无影无踪。

他蹦到桌子上。"饿了!"他喊道,"饿了!"他从柜子里取出一罐巨大的柳树糖,一口气把它们吃了个精光。

"唧唧!"他喊道。他唧唧吱吱地叫了起来。

森林里所有动物都竖起耳朵。

"是谁在唧唧叫?"他们面面相觑,"是蟋蟀吗?是那个阴郁的蟋蟀吗?"

蟋蟀发出响亮的唧唧声,声音亢奋而又持久。

动物们从四面八方涌来听他欢唱。

临近中午的时候,他又饿了。于是,他不叫了。阴郁的感觉从他的脑海中一闪而过。他只希望再没有别人钻进他的脑袋。

他从柜子里取出一罐蓟花蜂蜜,三下五除二地把它吞进肚子,然后爬上屋顶。他环顾四周,说道:"我已经变得更好了。"

"为什么?"甲虫问。可是,蟋蟀没有听见。所有动物都欢呼雀跃。

等大家欢呼够了,犀牛清了清嗓子,问道:"你是怎么变好的?"

每个人都不解地看着蟋蟀。

蟋蟀迟疑了一下,然后弯下腰,凑到蚂蚁跟前。"我到底是怎么变好的呢?"他轻声问道。

"没来由地好了。"蚂蚁抬起头,轻声细语地说道,"就这么说吧。这样说最简单。"

"没来由地好了。"蟋蟀说,"我没来由地变好了。"

他一蹦三尺高。他展开翅膀,从屋顶飞到地上。"而且,我再也不会阴郁了!"他喊道。他挥舞着触角,两眼闪烁着光芒。

天空湛蓝湛蓝的,橡树顶端坐着大象。在晨光的照耀下,他灰蒙蒙、亮闪闪的。他听见蟋蟀的呼喊,侧过身,冲着椴树脚下的蟋蟀喊道:"而且,我再也不会……"

余下的话语被树叶的沙沙声、树枝的吱嘎声以及和煦的阳光淹没了。

51

冬天来了。动物们紧紧地挨在一起,坐在森林中央的橡树下。他们吃着热乎乎的蜂蜜和山毛榉坚果蛋糕,戴着厚厚的帽子,穿着厚厚的外套。

他们都快乐且满足。每当他们觉得冷的时候,他们就会拍打彼此的脊背或者给彼此的手和翅膀哈气。

坐在蟋蟀身旁的蚂蚁问:"那个阴郁的感觉……"

"哪个阴郁的感觉?"蟋蟀问。

"之前装在你脑袋里的那个阴郁的感觉……"

蟋蟀皱起眉头,陷入了深深的思考。可是,他已经不记得自己的脑袋里装过阴郁的感觉了。"我有过吗?"他问。

蚂蚁看着地面,没有回答。

起风了，动物们挨得更紧了。企鹅的信纷纷扬扬地飘落下来。企鹅在信里说自己很想来，可是，要等到下雪了才可以。

空气灰暗而又黏稠。

蚂蚁站起身，清了清嗓子，问大家还记不记得之前发生过的事。

随之而来的是一片沉默。风停了。

记得……动物们想。记得……谁也想不起来那是什么了。

"它是一种声音吗？"青蛙问。

"它是一种慢吞吞的东西吗？"蜗牛问。

蚂蚁解释了什么叫记得。可是，当动物们问它有什么用的时候，他耸了耸肩膀。

"我不知道，"他说，"也许什么用也没有。"

动物们用胳膊和翅膀揽住彼此的肩膀，不再思考。有几个动物站起身，跳起舞来。

蚂蚁看着地面。

记忆一团一团地向他涌来。

他记得远方，记得海洋，记得罕见的动物们的生日，记得他与松鼠的漫长谈话，记得夏天……

夏天……他想。

蟋蟀一跃而起。"我不知道为什么，"他唧唧叫，"反正，我十分快乐。"

动物们拍着手和翅膀。

大象站起身，抬头望着橡树漆黑的顶端。它被云朵包围了。不行，他想。不行。他坐了下来，随即又站起身，抬头仰望。

在这个寒冷的冬日里，动物们就这样围坐在森林中央的橡树下。正当蟋蟀欢乐地唧唧叫、大象一边抬头仰望一边唉声叹气的时候，蚂蚁却默默地离开了，他的身影消失在黑暗中。

天空中下起了雪。漫天的雪花纷纷扬扬地从空中落下，散了一地。它们落在黑漆漆的土地上，落在光秃秃的树枝上，落在灌木丛里，落在矮树丛上，落在动物们的肩膀和脑袋上。

记忆把蚂蚁团团围住，扎痛了他的脖子和眼睛。我该走了，他想。他走出森林，越过冰封的小河，消失在远方。

产品经理: 张雅洁
视觉统筹: 马仕睿 @typo_d
印制统筹: 赵路江
美术编辑: 梁全新
版权统筹: 李晓苏
营销统筹: 好同学

豆瓣 / 微博 / 小红书 / 公众号
搜索「轻读文库」

mail@qingduwenku.com